U0953449

译文纪实

# 高校生ワーキングプア
## 「見えない貧困」の真実

NHK スペシャル取材班

[日]NHK特别节目录制组 著　马惠 译

# 高中生穷忙族

## “看不见的贫困”的真相

上海译文出版社

# 序言

如今人人都在说：贫困正变得不易被看见。

这是什么意思？

自贫困尚未像如今这样被屡屡谈及的时候开始，NHK就已经制作播出了多期反映各个时代背景下贫困现状的节目。

第一次播出是在2006年。那是NHK特别节目《穷忙族——卖力工作也富不起来》（以下简称《穷忙族》），将摄像机对准努力工作，过的日子却依旧低于生活保护标准的人，反映了有工作的贫困人群的实际情况。随后，在2007年还陆续播出了包括续篇《穷忙族Ⅱ——努力就能够跳出泥沼吗？》在内的专题后续报道。

斗转星移，在2014年，我们又详细报道了女性和下一代的孩子们之间出现贫困代际传递效应的现状。

当年4月的NHK特别节目《女性贫困——代际传递效应》详尽地介绍了年轻女性和单亲妈妈面临的现实状况。同年12月播出的NHK特别节目《拯救孩子们的未来——要切断贫困的代际传递效应》中，我们介绍了贫困会延续至下一代的现状，并提出了摆脱这一现状的解决方案。

当时，我们在采访为生活所迫的受访者时发现，有些人仅从外表来看，很难发觉他们已然一贫如洗。

比如，有一对长期生活在网咖里的姐妹。如果事先不知道她们住在网咖，单从外表绝对看不出她们属于贫困人群。姐妹俩衣着跟如今的年轻人毫无二致，化着精致的妆，甚至还贴着假睫毛。她们说，只要去“百均”（百元店），睫毛套装只需100日元，唇膏也是100日元。衣服可以在拍卖网站上买到二手的。

拎着手提包在新宿街头游荡的漂流少女们也是如此。既然已经离开家门，在风俗店里赚着日薪，寻找当天可以收留自己过夜的男人就成了日常。这当然是一种艰难的生活。但是，她们虽然没有家，却都用着智能手机。这是她们唯一的生活必需品。她们在咖啡店里边给手机充电边喝茶的样子，怎么看都不过是在消磨时间的白领或学生。

无论哪种情况，只有在对她们的生活现状刨根问底后，我们才会明白她们有多么窘困。或许正因如此，遭受周围的误解而苦不堪言的人也比比皆是。

“哪里穷了！这不是还用得起智能手机吗？”

“衣服不也是干干净净的吗？”

“明明还有过得更艰难的人，真矫情。”

我们在节目中披露国家查明的“儿童贫困率”时，也总是会冒出这样的声音：“陷入穷困的孩子真有那么多吗？”

儿童贫困率是指在收入低于一定标准、处于贫困状态的家庭中成长的17岁以下儿童所占的比例，厚生劳动省每3年调查一次。

2017年2月，在本书的成书基础——NHK特别节目《看不见的"贫困"——被夺去未来的孩子们》（以下简称《看不见的"贫困"》）播出时，儿童贫困率的最新数据是2014年公布的16.3%。也就是说，6人中便有1人陷入相对贫困状态。之后，2017年公布的新的儿童贫困率为13.9%。时隔12年，状况终于有了改善，但7个人中依然会有1人身陷相对贫困状态。

然而，即便明确告知"6人中1人""7人中1人"，也依然会听到质疑的声音："真的会有那么高的比例吗？"甚至可以说，这种声音从未停止过。这说明，在社会上的人们看来，情况并非如此。当然，这个数字体现的不过是全体国民收入中的相对值，并非如非洲国家那样的绝对贫困。然而，这样的"相对贫困"才是在发达国家中日渐成为问题的现代贫困。虽说是相对的，可是在一个社会中出现贫富分化，将会给生活在其中的每个人的身心带来巨大的阴霾。于是，人们自发地想要隐藏贫困的现状。而在现代社会，服务业发达，各种物美价廉的商品（服务）随处可见，也就催生了上文所提到的网咖姐妹、漂流少女那样的情况：粗看普普通通，实际却深陷贫困。

也就是说，不仅是个人想掩盖贫困的事实，整个社会也成了让贫困遁形的机器。

本次，我们将焦点对准如何揭开“看不见的贫困”的面纱这一点。

光是像以前那样实地采访为生活所困的人，赢得些许世间的关注和同情是十分不够的。

因为，号称“贫困并不存在”的人或潜意识里抱有这种想法的人在社会上依然随处可见。在这种背景下，如果不能拿出客观证据论述何为相对贫困，就无法使人们意识到这是整个社会应该共同关注的问题。

基于此，我们对由全国各自治体[①]打头开展的相对贫困调查做了周密的跟踪采访。另外，我们还采访了负责分析这些调查结果的学者，探访了回答调查问卷的人们。

如果一定要做个总结，可以说，为了将“看不见的贫困”展现在大众的视野里，我们完成了这样一份尽量理智地罗列客观证据的调查报告。

数据和实地采访勾勒出的真相，将现代贫困的根深蒂固性一览无遗地暴露在我们面前。

NHK首都圈广播电视中心　副部长　板仓弘政

① 日本实行两级行政制度，地方政府由跨区域的地方自治单位“都道府县”和基本的地方自治单位“市町村”两个层级构成。日本的自治体相当于中国的地方政府。［本书脚注皆为译注］

# 目 录

# 序章　不工作就上不了学

"没有钱就不能去学校上学吗？"

## 高中生的烦恼

这是一名尚有些稚气的高中女生。

无忧无虑的笑容，乍看之下似乎没有一丁点儿的烦恼。其实，她的成长历程着实令人瞠目结舌。父母对她不管不问，完全抛弃了抚养子女的责任，这让她再也无法忍受同父母生活在一起。于是，如“弃子”般的她在中学时便离开了家。那之后，她一边在镇上的工厂里工作，一边在定时制高中[①]学习。可是，镇工厂是一家恶劣的黑心企业。“反正家长不在，她也没什么好抱怨的吧？”工厂的社长看准了处于弱势地位的少女不敢反抗，开出的工资几近于无，低得毫无道理。社长以“宿舍费开销很大”为由，每月只发14 000日元。这点工资既存不下钱，也不足以支撑她逃离工厂。

即便如此，少女也毫无怨言，只是埋头工作，努力去高中上课。不过，高中的老师察觉到“工作地点的情况有些奇怪”，少女这才离开工厂，去其他地方打工。逼迫少女几乎无偿为其工作的工厂社长为防止少女逃跑，一直对其严密监视。因此，少女只能在深夜偷偷逃离魔窟。

只是，哪怕换了工作，仅靠打零工维持生计也极为艰难。即便如此也不想回到父母身边的少女拼命打工，节衣缩食，勉强维持着正常的学校生活。

一名高中男生，母亲罹患癌症，他既要照顾卧病在家的母亲和两个年幼的弟弟，又要去拉面店打零工贴补家用，每日的生活非常紧张忙碌。

这名高中男生，粗粗看去性格开朗活泼，是那种随处可见的男孩子。可是，他一天的日程安排过于紧凑，我们甚至打心底里担心他长此以往可能会把身体累垮。

早上6点起床，做早饭，安排弟弟们吃饭。然后，打扫房间，洗衣服。做完早上的家务马上出门，连停下喘口气的时间都没有。早上9点半开始在拉面店打工，一直做到下午4点。结束了6个半小时的工作，他得先回趟家照看母亲。由于不太熟练，护理很费时间，“定时制高中的第一节课总是迟到”。上完课回到家已经是晚上10点过后。但是，还有没做完的家务在等着他——收拾晒好的衣服、清洗碗碟餐具，继续忙个不停。

---

① 日本的高中分为全日制、定时制和函授制三种。其中定时制高中主要是为已参加工作的青少年设置，多为夜间授课，也有白天授课或不同时段组合授课的制度。

如今，为了维持家计而不得不工作的孩子增多了。

不工作，就上不了学甚至吃不上饭的孩子增多了。写到这里，肯定会有不少人想："不是有生活保护[①]吗？"可是，应当办理生活保护手续的家长如果拒绝接受保护或者无法办理的话，孩子们就会被逼到死角。结果便是，为了保护自己或家人，他们便不得不开始工作。我们迎来了这样的时代：询问高中生打工的理由时，大部分回答是"为了家计"。

我们在序言中提到，NHK特别节目《看不见的"贫困"》是本书成书的基础。本书内容还包括原班人马跟踪采访、无法完全在节目中播出的取材成果。我们曾将这部分取材成果单独制作成一期节目，那就是于2017年4月在"目击！日本"栏目播出的《高中生穷忙族》。

之所以会想到将节目的焦点对准"高中生穷忙族"，是因为我们从现场采访的编导那里听到了令人震惊的报告。

编导们初遇"高中生穷忙族"，是在2016年3月。当时，首都圈的高中生们自发成立了执行委员会，正在开会商讨组织一场以"没有钱就不能去学校上学吗？"为主题的游行活动。

参加集会的有20多名高中生。我们也有幸在现场听到了他们的故事。除了文章开头提到的2名高中生，其他高中生的故事也远远超出了我们的想象。他们中的每一个人都背负着残酷的现实，身心受到极大的冲击，已然被压得喘不过气来。

---

① 日本政府、自治体向经济条件困难的国民支付生活保护金，确保其享有最低限度的生活保障。

参加集会的高中生个个开朗、礼貌、认真，让人不禁会生出他们“将来会肩负起日本社会吧”的感慨。然而，了解到他们各自家庭的现状后，我们才知道他们身处的是何等窘困的境地——如果没有他们努力工作获得的打工收入，家庭将会走向崩塌。

很难想象，在平价服装连锁店花最少的钱保持穿戴得体的他们，竟然面临着不工作就上不了学的严峻状况。仅从外表根本不能发现，也就是“看不见的贫困”，它就在人们的身边。

而且，父亲极其不知节俭啦，有个完全不工作的哥哥啦——他们都有着这样那样的原因，以致无法接受生活保护。一旦他们的收入中断，马上就没法继续学业，不得不忍痛放弃升学，家庭生活也会随之陷入绝境——高中生穷忙族们肩上的负担实在太重了。

高中生们按照原计划在市中心举行了游行活动。让我们惊讶的是，他们并没有遮住脸，毫不畏惧。会有这样的顾虑是因为我们担心，如果他们不遮住脸或隐去姓名，正大光明地进行控诉贫困的活动，可能会遭受外界的各种非难。

“穿的衣服看上去很贵。”

“有电脑或是智能手机。”

有人会找出算不上“贫困”甚至看上去还挺奢侈的部分，在网上进行各种指责，称其“根本就不算贫困”，引爆全网话题。这样的事情比比皆是。

但是，乍一眼完全看不出为生活所迫的高中生们，事实上却在打工贴补着仅靠父母收入根本难以为继的家计——这样的现实的确在不断增加。如果不工作，连上学都是难事——不论高中生们是不是面临这样的困境，仅是因为表面上“并不穷（看不见贫困）”就要受到非难的话，这才是对“看不见的贫困”的无知和不理解吧？

## 《穷忙族》后10年

序言中也提到过，我们录制组制作那期真实反映“穷忙族”生活现状的节目是在2006年。“穷忙族们”从早到晚拼命工作也只能获得低于生活保护标准的收入。如今，距离那期节目播出已经过去了12年。

在节目中，我们将“穷忙族”的概念定义为“获得的收入无法满足宪法第25条所保障的最低限度的生活标准（即生活保护标准）”的那部分人。

“穷忙族”的“穷”，即贫困，并没有一个明确的标准，所以我们将其定义为收入无法满足宪法所保障的“最低限度的生活”标准的人群，试图掌握急速增加的“穷忙族家庭”的全貌。

当时，在城市中工作的年轻人，很多都属于非正式雇用的劳动者。

2004年，制造业内的派遣劳动雇用作为一种正式的制度被固定下来，不得不从事低收入且不稳定工作的劳动者的比例急速增加。在汽车相关产业等一派繁荣景象的制造业企业中，非正式雇用劳动者的数量激增，超过了雇用劳动者总数的30%，令人震惊。

同时，派遣劳动者住在企业的“宿舍”（说是“宿舍”，其实几乎都是将公寓或社区住宅作为宿舍使用），存不下钱，也掌握不了必要技能，因此也得不到晋升，只是徒增年岁。他们没有余裕的存款和精力，也就无法结婚，与社会的接触也少，随着年龄的增加将会陷入难以跳槽的境地。

另一方面，冲击地方城市的，是全球化的巨浪。

便宜的农产品和乳制品通过贸易大量进口，导致地方经济疲软。穷忙族问题开始暴露出来的2004年，日本人的主食大米的贸易实现自由化。大米价格暴跌，米农陷入赤字。

日本的米农中，兼职从事生产的零散农户很多。像东北、北陆这些生产大米的地方，多数农户冬天会在建筑工地赚钱，到了春天又回归米农身份，种植水稻维持生计。而随着米价的暴跌，扣除种子、肥料、农药等支出，陷入赤字不过是时间问题。为了填补赤字，更加需要不辞艰辛地外出务工。结果，农村里只剩下了年迈的老农户，年轻人都涌进了城市寻找工作。

留在农村的老人们想着“至少要坚持到自己这一代”，无论如何都希望能守住农田，就用养老金填补赤字，自掏腰包雇人种植大米。

可是，这种状况延续下去的话，农村里弃农即放弃农业生产的现象将会愈演愈烈，农田中林立着“土地出售”的牌子，这般凄惨光景也将越来越常见。

在人去地荒的“乡下”，野猪和貉子旁若无人地生活着。米农的崩溃带来了“乡下”的衰败，这也渐渐地招致日本人的心之归处“米文化”的消亡。

农村传承已久的“祭典”等传统仪式中断，无后继之人的神社被废弃，都市圈外的地方日益陷入无法逆转的崩塌进程。

如今，各地自治体出台了各种各样的应对政策，比如低价提供空置房屋等，以期吸引有意U turn（回乡）、I turn（移居农村）的年轻人。确有一些曾经去城市生活的农村出身的年轻人厌倦了城市生活，重新回到了地方，可即便如此，地方也很难一举恢复以往的活力。

去城市务工的年轻人也好，留在农村一直从事第一产业的老年人也罢，他们都被经济困难逼得无处可逃，变得越来越穷。在NHK特别节目《穷忙族》播出后7年，即2013年，家庭储蓄率终于出现了负值。

这意味着，“仅靠收入无法满足生活所需、要动用储蓄维持生活的人群以及根本没有存款进行存储的家庭增多了”。在发达国家中，日本的家庭储蓄率曾经排名首位，如今却“转为负值”。这则新闻揭示了明显的异常事态。

那么，《穷忙族》播出后10年又是什么状况呢？

这10年间的一个重大变化，就是“穷忙族的多重化”。可以说，日本的格差社会已经变成了多重格差社会。劳动力不足的日本社会中，作为低廉的单纯劳动力，在穷忙族阶层的最底层出现了新的阶层——“老年穷忙族”。

这种现象背后的现状是独自生活的老年人数量急剧增加，仅靠个人的养老金收入无法维持生计的老年人为了生活被迫工作。另外，医疗或护理负担加重，进一步放大了晚年的不安。“想尽可能多存点钱”，怀着这样的想法，在精神还好的时候继续工作的老年人激增。

可是，一方面，大公司开始延长正式员工的雇用年限；另一方面，在非正式雇用的劳动力市场，年纪越大，形势越严峻。在银发人才中心，计时薪资为最低标准的兼职或小时工的招聘信息随处可见。“保洁”“保安”等体力劳动居多，连年轻人都觉得吃力的工作却引得老年人蜂拥而至。目睹这样的现状——当然，身体康健的老年人有意愿工作并非坏事——我们深深感到，尽快重新评估老年人的雇用环境很有必要。

另外，在多重化穷忙族阶层中，出现了一个人数已经超过100万且仍旧呈现增长势头的阶层，就是外国人劳动者。超过100万人——这个数字实际上也包含了算不上“劳动者”的“劳工”，即“留学生”和“技能实习生”。

在不接受移民的日本，即便要增加外国人劳动力，也很难以“定居劳动者”的形式雇用，因此便以“留学生”兼职或“技能实习生”来日学习先进技术的形式接收来自海外的劳动者。遍布便利店、快餐店、居酒屋等服务行业的外国打工者，本应该是以“学习”为目的来日的外国人。可是，来自尼泊尔、越南等收入低下的国家，以务工为目的的留学生或实习生们络绎不绝地涌了进来。

他们拿着“低廉的小时工资”，作为一种“有限期的劳动力”，在人手严重不足的日本社会中日渐成为珍贵的劳力资源。

接下来要说的，在多重化的穷忙族中最应该被视为问题的，便是本次采访的重心——“高中生（孩子）”。

### 儿童贫困正成为严峻问题

我国在经济条件并不宽裕的家庭中长大的儿童数量正在增加。NHK特别节目《看不见的“贫困”》采访当时，厚生劳动省公布的日本的儿童贫困率超过了16.3%（2012年《国民生活基础调查》）。

这个数字意味着，日本大约6个孩子中就有1人处于贫困状态，总计超过300万儿童。节目播出后，基于2015年《国民生活基础调查》的公布数据，儿童的相对贫困率为13.9%，虽有所改善，但7个儿童中还是会有1人处于相对贫困状态。相较于各发达国家，这个数字代表的依旧是严峻的事态。

“儿童贫困率”是指生活在“相对贫困”状态家庭中的儿童所占的比重。

用来表述贫困程度的词语中，与“相对贫困”相对的，是“绝对贫困”。“绝对贫困”表示的是无力购买维持人类最低生活限度必要的食物或生活必需品的状态。现在，根据世界银行的定义，指的是一天中依靠低于1.9美元（不足200日元）生活的人群。而“相对贫困”指的是“以低于社会平均收入的一半维持生活的状态”，通过分析相对贫困率，我们便可以知晓收入差距到底有多大。

若要换个说法的话，所谓“相对贫困”，也可以说是连整个社会视为极其寻常的生活都难以维持的生活水平和状态。映射到儿童的生活，就是没办法满足跟朋友出去玩、去学校读书、跟家人在休息日外出等理所应当的需求的状态。

相对贫困家庭的年收入到底有多少呢？单身人士年收入低于122万日元、二人家庭低于173万日元、三口之家低于211万日元、四口之家低于244万日元。换算成月收入，四口之家若税后收入每月低于20万日元则可视为相对贫困。

## 日本的孩子们非常危险

事实上，日本儿童的相对贫困率在发达国家中处于非常令人担忧的水平。

我们可以看一下2014年前后的数据。联合国儿童基金会因诺琴蒂研究中心（UNICEF Innocenti Research Center）在对发达国家的儿童贫困率进行比较之后提交的《成绩单14》显示，日本儿童之间的贫富差距在41个国家中高居第10位。这说明，从国际上来看，日本社会贫富差距扩大的情形也不容乐观。

尤为严峻的是单亲家庭的贫困率。根据厚生劳动省公布的数据，日本单亲家庭的贫困率为50.8%（2016年《国民生活基础调查》）。可以看出，有半数以上的单亲家庭处于贫困状态。这个可怕的数值放眼全球也独此一家。

根据OECD（经济合作与发展组织）提出的报告，日本单亲家庭的贫困率在33个成员国[①]中最高，是情况最糟的（2014年 Family Database “*Child Poverty*”）。

而当我们提到“儿童贫困”时遇到的问题是，人们由“贫困”这个词所联想到的景象各不相同，或是争论不出统一的结果，或是在网络世界中引起疯狂讨论。比如：

“只要有能遮风挡雨的家，就不是贫困。”

“二战刚结束那会儿，缺吃少穿，非常艰难。跟那时候相比，现在的孩子根本算不上贫困。”

这就是所谓的“贫困非难”。

出现这样的分歧和混乱是因为评判何为“贫困”的标准因人而异，可归根结底，中央政府或官厅、学会至今都未能就“贫困是什么”做出明确定义，这是一个重大的原因。

有人会想到“饭都吃不饱”的景象，也有人会想到“找不到工作，收入很少”的家庭。可能还有人会对照宪法所保障的生活水平“生活保护”的标准来界定。只是，我们真的可以仅凭收入来推想什么是“贫困”吗？

即便收入低，勤俭节约、独立生活的家庭从表面上根本看不出处于“相对贫困”。如果高中生的打工收入也拿来贴补家用，贫困将会被埋得更深。——的确，我们所遇到的高中生总是能找到便宜的物品把自己收拾得整整齐齐，外出打零工为父母分忧。他们在学校时脸上总是挂着笑，在打工的地方又是不可或缺的强劳力。他们就是这样日复一日地奋斗着。

---

① 截至2014年，经合组织的成员国为34个。

本该以学习为主业的高中生们不得不打工赚钱，这就是现实。了解到高中生穷忙族身陷“看不见的贫困”之中，以实现“贫困的可视化”为目标，我们开始了采访。

## “高中生”成为分水岭的原因

从早工作到晚，汗如雨下，却只能获得低于生活保护标准的收入，这样的贫困阶层不只是在城市，在乡村也呈现出了急速的增长趋势。而另一方面，位于格差社会上层的人——那些亿万富翁——用增加的财富进行股票投资实现资产倍增，进一步拉大了贫富差距。

差距越大，逆袭的希望越是渺茫。有足够的经济实力投资孩子教育的富裕阶层将会越来越富裕，上流阶层的阶层固化也开始显现。

另一方面，孩子外出打工贴补家用也依旧捉襟见肘的生活穷困阶层，没有足够的金钱投资教育，贫困渐渐固化。这意味着，穷忙族的孩子将无法从沦为穷忙族的代际传递效应中逃离，社会底层的固化也会同时出现。

在这一过程中，非正式雇用劳动者不断增加，达到了雇用劳动者的四成。同时，中产阶层开始崩塌，如今年收入不满300万日元的家庭占到了33.3%，也就是说，“3个家庭中有1个家庭”仅凭不满300万日元的年收入度日。

不满300万日元，对父母和1到2个孩子组成的家庭来说，恰好勉强高于生活保护标准，所以没有资格接受生活保护。可是，一旦有什么额外负担，比如孩子要准备考试或者家人生病产生医疗费的支出，整个家庭就有可能立刻面临破产的危机。这样的穷困家庭在不断增加，教育费用却依旧在不断上涨，家里有孩子的家庭的生活受到了极大威胁。

根据国家的调查，有孩子的家庭中有30%做出了“生活极其艰难”的回答，加上回答“稍微有些艰难”的家庭，共有63.5%的家庭诉说着“生活的艰辛”（2017年《国民生活基础调查》）。

特别是从义务教育过渡到高中教育的时期，也就是考高中的时候，家计总是会变得更加艰难。根据国家的调查，有半数的高中生有过打工的经历，“高中生打工者”正逐渐成为贴补家用不可或缺的生力军。

2017年秋，本书还在执笔过程中。在选举中许诺“要充实针对儿童和年轻人的社会保障”的自民党获得了压倒性胜利，第四次安倍内阁成立。自民党宣布要扩充发放型奖学金以支援高中生考入大学继续深造，不仅如此，也开始探讨免费保育的可能性以支援育儿家庭。

然而，支援对象仅限住民税非课税家庭①，仅靠这一限定性支援是否能够妥善解决贫困问题，今后有必要进行深入探讨。从根源上来看，儿童的贫富差距不断扩大才是极其严重的问题，我们或许应该采取彻底的改革来消除这种差距。

---

① 住民税是地方税种，以个人和法人的所得为课税对象，分为府道县住民税和市町村住民税。住民税非课税家庭指收入未达到纳税标准的低收入家庭。

## “情愿自己永远是中产阶层”的团块少年的悲哀

号称“1亿总中产”[①]、昭和激荡期的中流砥柱的团块世代[②]现已白发苍苍。他们的孩子——“团块少年一代”——开始为人父母，有了自己的下一代。

团块少年在工薪家庭长大，基本都是中产阶层，孩童时代过得无忧无虑。也许是出于这个原因，即便生活穷困阶层大幅增加，潜意识里坚信“自己是中产阶层”的人依旧不在少数。

根据内阁府的舆论调查，超九成国民认为“自己是中产阶层”（2016年《与国民生活有关的舆论调查》）。同样在该调查中，认为自己属于“下层”的人只占5%。甚至有专家指出，他们也许无法直视自己“身处生活穷困阶层”或“只能获取低于生活保护标准的收入”的现实，还深陷于曾经是中产的幻想之中吧。

然而，无论如何，如果没有处于“下层”的自觉，很难想象他们会主动采取行动——比如接受必要的援助——来切断贫困。这样的家长会“拼命工作保证家庭运转”，孩子们会觉得“自己也要帮助父母，贴补家用”便没什么好奇怪的了。

高中生打零工来维持家计的“高中生穷忙族”就在这

① 日本经济高度成长的1970年代前后，总数约1亿人口的国民大多认为自己属于中产阶层。

② 日本二战后出生的第一代，尤其是1947年至1949年婴儿潮出生的人群。

样的社会结构中诞生了。

距离《穷忙族》的播出已经过去了10个年头，我们采访组再次将镜头对准贫困问题，是因为我们追踪到了连高中生都得工作，否则家计将难以为继的状况，即“高中生穷忙族”的现实。

我们首先视为问题的，是“高中生穷忙族”在社会上并非“希望其努力工作的劳动者”阶层，而是“学习是其主业”的孩子们。

在我们的社会里，本来应该把学习而非外出工作放在第一位的孩子，却为了低廉的时薪被残酷地驱使。“黑心兼职”这个词语广为流传也不过是这几年的事情。我们觉得，高中生们不得不牺牲学习时间去工作以支持家计的现实，这才是应该关注的问题。

“不打零工，就上不了高中。”

“没有我打零工的钱，仅靠父母的收入根本活不下去。”

我们收集了大量像这样的高中生的声音，由此可以清楚地看到他们并非为了增加自己的零花钱而是为了贴补家用才努力工作的现状。我们希望能够走进这样的高中生穷忙族的生活，明确为解决问题需要我们做些什么。我们将这作为《穷忙族》播出后第10年的课题。

对于高中生穷忙族来说，非常讽刺的是，不管打工的高中生增加了多少，他们也不用担心找不到活干。人手不足的服务业、餐厅、居酒屋、快餐店等急需高中生的加入。深受劳动市场欢迎，甚至可以说是作为极其珍贵的生力军投身工作的高中生们，最终成为不可或缺的劳动者，渐渐固化为新的穷忙族阶层。

那些高中生要直面的，是比起去高中上课，必须要将打工放在第一位的残酷现实。那些为了保护家庭不断自我牺牲努力工作的高中生们，不管是在学校还是打工的地方，都没有发出SOS的求救信号。

但是，高中生们在内心深处一直都“希望外界知道”，“希望外界能够看到”。正因为如此，他们才对我们展示出了最真实的一面。我们遇到了这些高中生，知晓了“看不见的贫困”究竟是什么。

# 第一章
# 为了家计而工作的高中生们

“我可忙了。早上5点起床，一直到深夜1点睡觉，忙得团团转。”

## “工作理所应当”

在对高中生穷忙族的采访中，我们遇到的学生几乎都是“为了家庭”而工作。虽然有学生回答是为了自己升学的费用，可仔细询问后果然还是“不想再给父母增加负担了”等对家人的关心在支撑着他们。

“有想守护的人，就会变得坚强”。我们在采访高中生打工族的过程中深切感受到的正是如此。他们绝不是在消极地活着。为了深爱的家人，他们理所当然地工作着。正因为如此，才可以说问题出在更深层的地方吧。

“为了家人我想变强。”

一名高中女生这样说道。与她的相遇，让我们目睹了儿童贫困援助的艰难。

直到现在，我们仍在思考，社会应该如何去帮助那名高中女生和她的家人。也许，这是个没有答案的问题。但是，通过我们所揭示的现实，希望人们能够明白，“看不见的贫困”正因为“看不见”才是个严峻的问题。那么，我们是不是有必要在弄清楚“看不见”的原因的基础上认真考虑解决的对策呢？

## 成为顶梁柱的高中女生

下午5点，神奈川县的JR[①]户塚站前。归家的工薪阶层和学生的身影开始多了起来。车站前的海鲜居酒屋着手准备营业也在这个时间。高中三年级的优子同学（化名）穿着学校的校服冲进了店里。优子换好居酒屋风格的和式制服，将长发挽成团子头，一脸干练地打开了通往居酒屋所在楼层的门。

“下午好！今天也请多多关照！”

店长看到优子，应声道：

“今天也拜托啦！”

这份兼职是高中二年级的时候开始的，如今已是第二年。在人员交替频繁的兼职员工中，优子算是老资格，为大家所倚仗。7点过后，店里就坐满了前来就餐的客人，有工薪阶层的上班族，也有一家人一起来的。优子轻车熟路地为顾客点单，一次上5大杯啤酒，声音洪亮地喊着“欢迎光临”。

她时不时还会到后厨帮忙。这一天也是风风火火努力工作的一天。工作到10点，在店长慰劳的话语中，她离开

---

① Japan Railways 的缩写，即日本铁路公司。

了居酒屋。

“明天也拜托啦！今天辛苦了！”

优子白天在学校累了一天，现在已经是精疲力竭。热爱学习的优子当初根本没有想到，自己会有工作到要影响学校生活的一天。即便如此，她也有必须工作下去的理由，那就是要守护最重要的家人。

初遇优子，是在2016年6月。当时，我们正在街头采访，希望能够制作近10年前播出的NHK特别节目《穷忙族》的续篇。

在我们揭示了穷忙族现状的2006年，“从早到晚不停工作却依旧只能获得低于生活保护标准的收入”的人不断增加，已经成为了严重的问题。随后，受雷曼事件①等的冲击，雇用状况进一步恶化，穷忙族的人数持续增长。

近年来，虽说经济不断回暖，可我们丝毫看不到穷忙族减少的任何征兆。其中，我们关注到控诉“高中生黑心兼职”的声音。

处于最弱势地位的高中生劳动群体被迫接受“黑心的劳动方式”本身就是个大问题。而更严重的问题在于，即便被黑心企业压榨也无法辞掉兼职的高中生们身处的生活环境之严峻。

幸运的是，优子兼职的地方都是支持她努力兼顾好学业和工作的好心店长和同事。可是，即便如此，兼顾高中

① 因美国第四大投资银行雷曼兄弟公司破产，造成的世界性金融危机事件。

生活和兼职工作也是非常非常辛苦的，优子的日常生活很清楚地反映出了这一点。

### 她工作的理由

第一次采访优子，是在车站前的咖啡店里。

之所以选择咖啡店作为初次的会面场所，原因之一是觉得跟高中女生单独见面有点不好意思。毕竟，负责采访的编导是40多岁的大叔。我们也有点担心，不知道其他客人看到他跟高中女生面对面坐着的样子会作何感想。出现在坐立不安地等待着的编导面前的，是个充满青春活力的女孩子。优子笑靥明媚，丝毫不怯场地侃侃而谈。只要跟她在一起就会受到感染，心情变得明朗起来。她就是这样一个女孩。

看着她毫不忧郁、明快地说着话的样子，我们丝毫联想不到"贫困""穷忙族"这些词汇。可是，优子对采访组所讲述的每一桩每一件都非常严峻。没有她的兼职收入，家计将无以为继的状况一直在持续。

年幼的妹妹和弟弟能够领取儿童抚养补贴，可生计依旧艰难。即使节省电费和燃气费，还是会有为餐费愁眉不展的时候。

为什么不能救优子的家人于困厄之中呢？——怀着近似于愤慨的疑问，我们继续着采访。相识刚好2个月后，在8月炎热的一天，我们去了她家拜访。

平时白天工作不在家的优子的母亲也许是担心女儿接

受采访吧，当天请了假在家迎接了我们。还不到40岁的她是个单亲妈妈，白天在超市、晚上在小酒馆，靠着两份工作拉扯孩子长大。

优子上了高中之后，父母便离婚了。优子和妹妹、弟弟跟了母亲。突然成了单亲妈妈，带着三个孩子的母亲开始拼命工作。面对这样的母亲，光是让她支付考入高中之后昂贵的学费就已经很不好意思了，优子再也说不出“想要零花钱”这种话。

看着每天工作排得满满的、几乎不在家的母亲，优子自问：有没有自己可以做的事情？难道没有可以为妈妈分忧的办法吗？然后，她得出的结论是“打工来贴补家用”。

“将家务活和家计都丢给妈妈，我觉得很过意不去。妈妈每天从早晨工作到晚上，我一直在想有没有自己力所能及的事情。当我上了高中之后得知可以打工，就开始了。我就是不想再给妈妈增加负担，想做点力所能及的事情。”

成了高中生劳动者的优子从那天起，就开始了超级忙碌的每一天。

## “高中生穷忙族”真实的一天

决心开始打工的优子还代替做两份工、基本不在家的母亲承担起了家务，也担起了照顾弟弟妹妹的重任。

“我可忙了。早上5点起床，一直到深夜1点睡觉，忙得团团转。”

从早上一直忙到深夜的高中生的日常究竟是种怎样的

生活？我们对优子的一天进行了跟踪采访。优子说着“一大早就要麻烦你们来，真是不好意思”，接受了我们的采访请求。

2017年1月，在严冬的某个清晨，一整天的外景跟踪采访开始了。

我们前一晚就住在附近，赶在优子起床的早上5点之前来到了她家。赶到时，她早就已经起床换好了衣服，正准备洗衣服。

“去学校之前洗衣服，从学校回来到出门打工之前的这段时间再洗一些衣服，然后深夜里把洗好的衣物都叠好。”

衣服洗好之后，她开始准备妹妹和弟弟的早饭。在这期间，用吸尘器吸吸地啦，收拾下屋子啦，总之是一刻不停地在忙碌。

早饭做好，7点左右去叫醒妹妹和弟弟。尚还年幼的两个孩子迟迟不肯从被窝里出来。最后，优子抱着妹妹，把他们带到了饭桌的椅子旁边，终于让他们坐在了早餐前面。

姐姐忙着打工，只有早上这短暂的时间能够在一起，妹妹和弟弟都尽情地跟姐姐撒着娇。他们一个劲儿地撒娇，为难着忙碌的姐姐。

“快点吃早饭啊。”

优子向这二人问道：

“要喝什么？水？牛奶？”

饭桌上摆着的是烤吐司面包和鸡蛋料理。热气腾腾，看上去非常美味。可是——

“我不喜欢，不要吃。”

弟弟小庆（化名）最终开始“绝食示威”。优子于是去喂弟弟吃饭，仿佛连跟弟弟这样的小互动都是一种享受。等终于吃好了早饭——

“快点，把嘴张开。”

她抱着弟弟小庆给他刷牙，可谓是服务到家了。

“牙膏辣不辣？要忍耐哦。”

弟弟之后轮到妹妹了。给华子（化名）小朋友扎头发是每天的任务。在这段时间里，华子也不输弟弟般一直对姐姐说着让人不快的话。这天早上，当华子得知今天没办法实现一起外出的约定——

“头发长长了哦。本来今天要一起去剪掉的，可我又要去打工。抱歉。”

“不行的话，就别约我啊。”

送这二人去小学回来，要收拾早饭的残局，做完剩下的家务。优子大概9点多赶到了学校。早上起床后4个小时，忙碌的早晨结束，学校生活终于拉开序幕。

优子丝毫没有放松学校的学习，是老师们公认的优秀学生。不管上课的时候有多累，她都努力集中精力认真学习。上午的课程结束，午饭时间也成了短暂的休息时间。

优子的高中是要自带便当盒饭的，但是她早上没有时间做，而且做便当也要花钱买食材，所以她的午饭都是随便买点果腹，预算在100日元以内。我们跟踪采访当天的午饭是将切片面包的硬边炸过后撒上砂糖的小点心。她展示给我们看，说一包70日元，物超所值。

“吃这个能吃饱的话，就可以省下钱了。”

就算是要节省做便当的费用和时间，光靠面包的硬边远远不够吧？我们不禁问道。

“朋友们实在看不下去了，有时候会把便当分给我吃。”

她笑着答道。然后，下午的课程结束。4点多，优子从学校走了出来，马上要赶往打工的地方。“好辛苦啊。”听到我们的感慨，优子反而说今天不用先回家，算是相对比较轻松的。

“如果早上的家务没有做完，我还得再回去一趟，所以会更忙。不过，今天算是时间比较宽裕了。”

然后，5点。打工开始。这样的生活看着就感觉会很累。

傍晚6点过后，我们开始挂念被留下看家的妹妹华子和弟弟小庆要如何度过没有姐姐的夜晚，就去了她家。华子正在厨房准备二人份的晚饭。早上虽然对姐姐满口牢骚，她实际上很是享受做饭的过程。

“华子，今天姐姐去打工了。我们过去看过她了。”

听了我们的话，她有点高兴，又有些羞赧。

“姐姐一直在努力。我也要努力。”

**深以为傲的姐姐**

在跟踪采访中我们明白了一件事：虽然妹妹华子和弟弟小庆总是任性找茬，实际上他们最喜欢姐姐了。

留下看家的时候，华子准备晚饭，小庆则跟个小大人一般坐在一边静静地等着。没有了撒娇，姐姐在的时候总是吵架的两个人就像变了个人。

把炒饭的原料放进中式炒锅，华子像模像样地炒了起来。过了一会儿，她用力颠起中式炒锅，米饭随之在空中飞舞。我们对她完全不像小学生的技术吃惊不已，她告诉我们最近很享受做饭。

“我会在网上找菜谱，现在能做一些更复杂的菜了。”

弟弟小庆似乎也非常认可华子的手艺。

“华子做菜比姐姐好吃。”

据说优子刚开始由于打工经常不在家的时候，如今已经完全爱上做饭的华子是不愿意帮忙的。可是后来发生了一件事，让她转变了想法。

那就是，姐姐遇到了交通事故。

**遭遇交通事故**

优子开始打工后过了一年——与我们相遇的大概半年前——发生了一件意想不到的事情。她在没有护栏的路上遭遇了交通事故。优子被救护车救起，随后住进了医院。伤势很重，右腿半月板撕裂，膝盖以下完全无法动弹。看到戴着呼吸器被送回病房的优子那令人心痛的样子，家人都说不出一个字来。

对妹妹华子和弟弟小庆来说，总是笑着鼓励自己的姐姐永远都很坚强，是二人的守护者。正因为如此，他们才这么依赖她。可现在姐姐却一动不动地躺在那里……

华子永远也忘不了看到姐姐那个样子时所受到的打击。

“我姐姐脚受了伤，得住院动手术。看上去非常痛，竟然还戴着什么人工呼吸的器具。看到她这个样子，我差点哭了出来。我再也不想看到那个样子，所以明明想去探病，嘴上却说着不要去。我只去过一回。不过我也挺担心的，生怕姐姐要是讨厌我了该怎么办。”

母亲非常忙碌，可每天还是见缝插针，抽空去优子的病房探望。优子担心长此以往妈妈的身体会垮掉，不让探望，可母亲还是坚持如此。母亲每次都会叫上华子，即便如此，华子也再没去探过病。

“姐姐看上去又痛又辛苦，我看着就很难过。这样一来，探病变得非常难熬。就算妈妈叫我去，我也不想看到姐姐痛苦的模样。”

结果，华子一直到姐姐出院都没再去探过病。她告诉我们，手术结束后强作欢颜的姐姐的笑容是最让人难过的。

“之所以明明想去探病却没去，是因为如果我去了，姐姐就会逞强。明明很痛，她会强忍着对我笑。嘴硬说自己没事……”

华子忽然沉默了一下，接着说：

“所以，哪怕能帮到姐姐一点点……哪怕能帮到姐姐一点点……”

自己也做些力所能及的事情吧。这就是想法转变的瞬间。

姐姐究竟为这个家付出了多少？在姐姐受伤之后才意

识到现实的华子，强忍着的泪水滑出了眼眶。

“太厉害了！真是个好姐姐啊！每天，我都是充满感恩地活着。满心都想着，不愧是我的姐姐，做着姐姐该做的事呢，我得向她学习。”

从此以后，哪怕是为了优子，也要出一份力。她就这样决定了。优子姐姐守护着整个家，那自己也要尽自己的一份力。华子的话让我们意识到，这个家拥有能够跨越一切困难的力量。

“我才上小学，可姐姐真的很能干。她做了那么多的事情，我都不确定自己能不能做得到。总是姐姐在打点家里的方方面面，妈妈又要工作。所以我觉得该轮到我了。我非常感谢我姐，每天都很感激。现在我想跟姐姐说……”

沉默。华子鼓起勇气继续说道：

“谢谢你。”

听到华子的那声“谢谢”，我们不禁红了眼圈。从即便忍不住抱头痛哭也依然互相扶持的姐妹俩的身上，我们感受到了生的力量。

“谢谢你跟我们说了这么多。”

“谢谢你”——这句话竟然有如此的重量和回响，华子为我们上了生动的一课。

## 即便如此，还是“想守护好家人”

跟踪采访的最后，是送打工结束的优子回家。晚上10点，从店里出来的优子换乘几班公交车急匆匆往家赶。

回到家后，脱掉校服，换上运动服，开始准备晚饭——煮意大利面。晚上11点过后，我们跟简单应付完晚饭的优子说："终于可以休息了。"可她却要开始学习。

"为什么要这般努力呢？"

"为了妹妹和弟弟。虽然也是为了妈妈，但更多的还是不想让弟妹因为生在单亲家庭而吃苦。小庆要是说想踢足球，我想买足球鞋给他。所以我想跟他们一起努力。我是姐姐，得更加努力才行。我不想家人受苦。"

我们想起了傍晚留下看家的华子流着眼泪说"姐姐真的很能干"的样子。

"刚才采访的时候，华子哭了哦。说是因为有姐姐在，自己才能活下去。"

我们转述了华子的话，想鼓励一下精疲力尽的优子。因为我们也想看到优子喜悦的表情。可是，优子一直低着头，听到华子的话后，第一次在我们面前落泪。不论多苦都没哭的优子静静地流着眼泪。然后，只说了一句话：

"太好了。"

拼命工作守护家人的优子的脊背——无比可靠的脊背——因流泪而颤抖着。也许她正拼命压抑着内心的脆弱顽强活着——想到这里，我们越来越想为她呐喊声援了。

## 升学——迈向梦想的第一步

优子决定早日进入社会工作为母亲分忧，于是放弃了考大学，决定去上两年就可以毕业的专科学校。

学费可以通过申请奖学金贷款来缴纳，不中断打工的话，在校期间的生活费也算是有了着落。但是还有一个大问题，那就是入学前需要缴纳的“入学准备金”。如果不能在3月31日之前缴纳，合格的成绩将会被取消。

3月中旬，结束了毕业典礼的优子连日持续着从早到晚10个小时以上的工作。她拜托店长给自己尽可能多地安排打工的时间。3月下旬，我们去打工的地方探望优子。优子正在居酒屋的厨房深处清洗着堆积如山的餐具。

“挺辛苦的哦。”

听到我们的声音，她笑着回头，手中清洗的动作不停，回答道：

“我想让弟弟妹妹过上普通人的生活。‘家里穷，不能买’——不想让他们忍受这些。想让他们过上跟朋友一样的普通生活。”

回答中没有出现“为了自己上学或为了自己的梦想”这样的字眼。当然，也许正因为准备金的缴纳期限逼近，她才要在体力允许的范围内尽可能增加打工的时间，努力工作。

可是，能够坚持下来的真正理由到底是什么？——也许，就是家人的存在吧。

那一日，我们在工作的休息时间找到优子，发现她正一个人在居酒屋所在大楼的楼梯平台上看参考书。是中文学习参考书。

优子想考的专科学校是空乘培训学校。在高中生英语演讲比赛中曾经入围全国大赛、擅长英语的优子有一个梦想，那就是成为一名空乘。

由于经济上的原因放弃大学之后，她没有放弃梦想，继续寻找进修的学校。当她得知有专门培养空乘和在酒店行业等国际化人才交流现场工作的人员的专科学校时，马上参加了考试。优子高中时代的成绩是“ALL 5”①，一直名列前茅，知道她要放弃考大学时，老师甚至比她本人还要遗憾。这样的优子毫无难度地通过了专科学校的考试。因为成绩优秀，她将作为免除部分学费的特别优待生入学。

到了3月末，为了赶在限期之前支付准备金，她从早到晚泡在打工的地方，在短暂的休息时间里还努力学习中文，希望能够距离成为空乘的梦想更近一步。

看着争分夺秒学习的优子，我们发自内心地希望能够让她“更加游刃有余地、尽情地学习”。但是，优子在如此忙碌的生活中也没有迷失乐观奔向梦想的心，努力地生活着。

4月，优子顺利进入了专科学校。同时，妹妹华子也升入了初中。在华子的入学典礼上，一身新校服的妹妹身边站着一身黑色西装、腰杆笔直的优子。

二人手牵手走过樱花飘舞的小道的身姿透着自豪，让旁观的我们也满心喜悦。今后，等待着她们的绝不是轻松的人生，但是她们家人之间一定会互相扶持、互相安慰，共渡难关的吧——我们禁不住祈祷，希望这一家人能够克

---

① 日本高中的成绩评定标准分5级，即0～29评定为1，30～49评定为2，50～64评定为3，65～79评定为4，80～100评定为5。“ALL 5”即所有课目都是5。

服一切难关。

脸上带着温暖笑意的两个人互相祝贺着彼此的升学，姐姐看着妹妹，妹妹注视着姐姐，说出了同样的话。

“相比自己的升学，更为姐姐（妹妹）的升学高兴。”

见证姐妹二人踏上新的人生旅程，我们再次想起了本书开头的设问。

二人的确是“看不见的贫困”这一艰苦状况下的典型案例，连孩子原本应该享受的“学习的权利”都难以得到充分保障。可是，社会该如何去帮助这对姐妹以及这个家庭呢？

奖学金制度的完善、儿童抚养补贴的提高等，哪怕是进一步完善现有制度，也能帮到优子和她的家庭吧。

另一方面，我们无论如何也无法否定采访中优子一直重复的话——“为家人去打工，没什么不开心的”，无法否定她靠自己努力奋斗的样子。

优子和她的家人虽然经济状况非常糟糕，但是内心丰富，笑容满面，更重要的是对生活的态度积极向上。那其中有用金钱无法衡量的宝贵的家族之爱。这也是直面“经济穷困”这一严峻状况，家人团结一心努力克服困难的过程中生出的无法切断的纽带。

当然，现今的社会保障制度对经济穷困家庭的孩子们来说，尚且无法提供十分完善的援助。

但是，在这样的状况下，依然有很多孩子心怀希望，化困难为生存的力量努力向前迈进。优子和她的家人告诉了我们这一点。

为了守护最重要的“家人”而不断工作的高中生穷忙族——我们再次强烈感受到他们的坚韧和顽强不可小觑。

在他们尚且还能靠自己的力量坚持下去的时候，尚且还满怀活下去的能量的时候，我们是不是应该努力让这个社会变得更好，让孩子们至少能够享受安心学习的权利？

# 第二章
# 背负着奖学金“借款”升学的高中生们

“只能一点一点还。哪怕要还好多年……很烦，可是没办法啊。”

## 高中举办的奖学金说明会

到了18岁能够顺利升学或工作的话，儿童贫困就能随之解决吗？绝非如此。

度过了经济状况恶劣的孩童时代，想方设法熬过这一难关终于成为大人的时候，最后要面对的巨大的障碍就是“奖学金”。很多孩子在步入社会开始新生活时，就已经背负了名为“奖学金”的高额负债。肩负重担踏上人生旅途的高中生的现实生活是怎样的？我们对犹豫是否申请奖学金贷款的高中三年级的学生们进行了跟踪拍摄。

2016年12月上旬，位于大阪北部的府立高中把申请奖学金的学生组织起来，举办了说明会。从山上吹下的寒冷的北风静静地摇动着校舍的窗户。

随着说明会时间的临近，能够容纳近百人的大教室里陆续出现了学生的身影。摄影师在走廊里等着拍摄走进教室的学生们。“是摄影师!”“能不能拍到我啊!”“早知道就化个妆来了!”教室里回荡着各种各样兴奋的声音。学生们的表情明快，丝毫没有一点要申请奖学金的沉重，反而是一副活力充沛的样子。

**六成学生申请奖学金**

重新环顾会场，学生们看上去就像是自由自在享受学校生活的孩子。在这所高中，有半数以上的学生要靠申请奖学金升学，也许申请奖学金已经不再是一件让人感觉低人一等的事情了。

学生们申请的几乎都是独立行政法人日本学生支援机构（以下简称支援机构）提供的奖学金。这并不是无需偿还的“发放型”奖学金，而是附有偿还义务的“借贷型”奖学金，所以学生本人毕业后必须要工作偿还。也就是说，这是借款。

奖学金既然是“借款”，就需要充分告知申请手续和风险。所以，这所高中设有专门负责奖学金的教员，提供细致全面的指导。采访当时，三年级218名学生中有62.8%即137人，向支援机构申请了奖学金。

府立高中不得不利用授课时间组织学生参加有关奖学金手续的说明会——申请奖学金借款对如今的高中生来说已经是极其寻常的事情了吗?

## “奖学金是借款”

说明会准时开始，女性教员开始向学生们做详细的介绍。

“奖学金，是期望大家将来能够在社会上有一番作为，并以此为担保提供借款的制度。大家努力偿还的款项，将会作为下一届的奖学金发放出去。这点请大家一定要牢记。”

说明会上，讲解进行得很顺利，比如，借款金额之后也可以变更啦，必须要跟保证人把事情传达清楚啦，要提前申请奖学金专用的银行账户啦，信息量非常大。

学生们的表情很严肃，而让会场恢复安静、充满了紧张感的，是对逾期还款的风险进行的说明。

“假设你由于各种各样的原因拖延了奖学金的还款，就此放任不管会发生什么？3个月后会在个人信用信息机构留下记录，9个月后可能会被采取法律措施。希望大家能够牢记，奖学金就是预借高额资金，是借款。”

被强制牢记奖学金是“高额借款”的高中生们还是年仅18岁的孩子，但他们毫不诧异地接受了现实。

说明会结束后，我们得以跟走出教室的学生们进行交谈。一位男同学告诉我们，越来越觉得不安了。

“因为是第一次，很多事情都不懂，心里很不踏实。虽然父母说会帮我交学费，但是我不想让他们有太大的负担，所以觉得保险起见还是申请一下奖学金吧。最让人不安的，是不知道自己到底能不能还得上。”

也有男同学提到了对无力偿还的恐惧。

“这是自己的钱的问题，我觉得必须得认真了解，就来参加了。我是听父母提到才知道了奖学金的事情并决定申请的。我不想给父母增加负担，也认为升学是自己的事，必须得我自己来想办法。听说滞纳可能会被采取法律措施，真觉得挺可怕的，所以我一定要按时还款，绝不拖延。”

另外，从一名女同学的言语之间，我们也感受到了她对将来求职的不安。

“现在我深深觉得，虽然学习是最重要的，可同时也得考虑金钱问题。如果将来找了一份收入很低的工作，还款应该会很辛苦吧。我挺担心的。而且，我还有个妹妹，我不想再让父母操心学费的事情了。”

学生们共同提到的，是不想给父母添麻烦，因而觉得升学费用要靠自己想办法的学生很多。他们去申请奖学金，靠自己的力量去筹措学费。但是，几乎所有的学生都对将来的还款抱有极大的不安。

## 2个人中即有1人申请奖学金的时代

并不是这所高中申请奖学金的学生数量尤为多。该校所在的地区反而是众所周知的生活比较富裕的地区。为了上大学而接受奖学金的高中生在全国范围内都有所增加。

根据日本学生支援机构的《学生生活调查》，大学本科日间部的全体学生中接受奖学金的学生占比直到1990年代中期还是稍过10%，但2014年度就增长到了51.3%，超过了半数。2个学生中就有1人申请奖学金。这就是目前的状况。

申请奖学金的学生增加的背后，是父母收入不断减少，大学学费却不断上涨的现实。

在民间企业工作的劳动者的平均年收入于1997年达到顶峰，为467万日元，自那以后不断下降，至2014年减少了约53万日元。

而另一方面，大学学费却在不断上涨。根据文部科学省的统计，1990年，私立大学一年的学费为61万日元，而2015年为86万余日元，家庭的负担变重了。即便是国立大学，1990年度学费约为34万日元，2015年也增加到了53万余日元。

一提到奖学金问题，必定会出现下面这般揶揄的声音：

“有必要借钱去上大学吗？”

可是，父母的年收入减少，教育费用的负担加重，正逼得高中生们走投无路。我们是否正视过这一现实呢？

## 高中毕业生招聘岗位的锐减

就算申请奖学金也要上大学的另一个社会背景在于，高中毕业生的招聘岗位锐减。既然没有可以工作的地方，那“就姑且先去上大学吧”。如此考虑的结果，就是不得不去申请奖学金。

根据厚生劳动省的统计，高中毕业生的招聘人数自1980年代后半期开始呈上升趋势，顶峰在1992年，为1 523 574人。但自那之后急速减少，2011年下降至124 829人。大约20年间，就职岗位减少了九成。

结果便是高中毕业就参加工作的人数维持在毕业生总人数的两成以下，有八成的学生选择考入大学、短期大学或专科学校。

“如果要申请高额的奖学金，还不如放弃升学，高中毕业就工作。”

话虽这么说，可实情是，高中毕业后即使想就职，也没有能够获得稳定收入的工作岗位。高中毕业，为了找到工作而继续升学，为此不得不去借款。如此一来，奖学金岂不成了无比悲情的借款吗？

**只能依靠奖学金**

就这样，对于只能申请奖学金的高中生们来说，面临的是到处碰壁的状况：① 父母的收入减少，② 教育费用的负担增加，③ 高中毕业后可工作的岗位不够。

父母的收入减少，不光是因为大部分制造业为了获得廉价的劳动力而转移至海外，国内雇用减少，还源于政府管制缓和下工资低廉的非正式雇用劳动者的猛增。

让家长们陷入痛苦的，是在世界范围内也称得上高昂的日本的教育费用。在大企业年功序列制的工资体系时代，家长尚可勉强支付教育费用，如今是越来越难以负担了。如果孩子还是想升学的话，剩下的选择项就只有“奖学金”，高中生们不得不面对的就是这样一种状况。

在组织奖学金说明会的高中，为采访负责奖学金事务的教师，我们来到了位于校舍2楼的“学生会谈室”。

全权负责说明会的植森阿津子老师脸上总是挂着笑，是位很有包容力的老师，负责奖学金事务已有10多年，可谓经验丰富。

“我们为了保障学生们的前途而推行奖学金，可是在最近的报道中看到有些孩子深受偿还奖学金之苦。我觉得，不能只是单纯地进行事务手续，还得将必须要特别注意的事项都传达给孩子们。”

说到这里，她强调了必须要注意的关键点。

“首先，要仔细确认总额，而不是每月的金额，不要超量借款。其次，申请专用账户，切实了解收支状况。最后，如果无法按时还款，要在滞纳之前尽早联络学生支援机构。这三条，我都是特别强调的。”

参加说明会的学生们怀揣着对金钱的担忧迎来考试期，植森老师对此始终非常忧虑。

“毕竟是切身问题。我自己在读高中的时候从没担心过钱的问题，可是这些孩子却要在操心钱的同时考虑升学的事情。我再次感受到了他们的辛苦。”

## 办理手续时浮现出的“看不见的贫困”

植森老师开始负责奖学金的工作是在2004年。那年，奖学金的发放机构从日本育英会转为日本学生支援机构，申请奖学金的学生也急剧增加到了总人数的四成。

支援机构原本就是为了从日本育英会接手奖学金借贷

业务而作为文部科学省下辖的独立行政法人成立的。

据植森老师介绍，她经常是在看到学生为申请奖学金而提交的材料后，才了解到学生的家庭情况。

“当时，我也什么都不懂，就开始负责这项工作，那个时候打算申请奖学金的学生迅速增加。核对提交的材料是一项大工程。通过一份份材料，我才发现他们中有的人父亲被裁员了，有的人母亲生病正在疗养，有的人是单亲家庭，跟妈妈一起过着收入低的清苦生活，等等。”

通过奖学金的申请材料才第一次了解孩子们面临“看不见的贫困”。植森老师内心受到了极大的冲击。

“有几个学生的脸在脑海中浮现，啊，明明是那么努力的孩子，明明是那么活泼开朗的孩子，明明是那么温暖的孩子，事实上却面临着这样的现实。真是太令人难以置信了。”

哪怕是一点儿，如果能缓解这些孩子的痛苦——基于这种心情，老师开设了学生会谈室，开始走近学生们。

“了解到他们每个人的情况，你不禁会想，这些孩子为何会被逼到如此田地？我感到无比悲伤，又觉得他们非常可怜，总之满心都是一种难以言喻的感情。虽然势单力薄，可我至少还能帮助他们申请奖学金，所以我便决心要好好做这份工作。可是，另一方面，我不希望这些孩子将来为偿还奖学金而受苦。因此，从事这份工作以来，我总是会陷入两难的境地——这不是在帮他们借钱吗？这不是在做帮凶，把这些孩子推向将来痛苦的深渊吗？”

## 与某位女同学的相遇

说明会之后，我们在学生会谈室遇到了一名女同学。

“您好。”

这名可爱的高中女生留着长长的黑发，有着一双清亮的眼睛，她礼貌地向我们打招呼。真央同学（化名）18岁。跟植森老师大声谈笑的样子——据说她总是如此——乍一看就是随处可见的活泼开朗的高中女生。

真央希望考入有外国语学院的私立大学，如今正是升学考试的关键时期。问到她将来的梦想，她眼中闪着光芒，说想在大学的时候去留学，毕业后做一名中学英语老师。

“初中二年级的时候遇到了一位非常好的老师，我才开始变得一切往前看。所以我也好想成为那样的老师。怎么说呢，中学是人生中最多愁善感的时期。参与到那个时期中的老师，能够一直留在孩子的回忆里。这个职业多酷啊！所以，我想成为中学老师。”

这是名认真考虑自己的将来、非常有主见的高中生，成绩在年级中也一直名列前茅。她很爱学习。

真央家是三口之家。67岁的父亲从大公司退休后，一直领取着养老金。但是，养老金用来偿还目前居住的独院房子的贷款后，所剩寥寥无几，生活费主要靠母亲在超市当小时工来筹措。

父亲的养老金加上母亲打零工的收入，超过了相对贫困的标准，但是偿还贷款的负担很重，从可供支配的生活费来看，她家实际上就是处于相对贫困的状态，经济状况非常严峻。

因为住房贷款或手术费、住院费等突发性支出，即使有收入也会陷入穷困生活的家庭不在少数。有专家指出，正是因为从外部越来越不容易发现，这个问题就显得更加严重了。

“没问题！”对于我们的采访请求，很意外，真央非常痛快地应了下来。“我也有想说的话。”她下定决心般地点了点头。

此时，我们根本想象不到那些接二连三降临到真央身上的难题。这之后，真央要一再面对围绕升学费用而出现的严峻情势。

## 与母亲见面

那之后，我们见了真央的母亲。见面地点约在她家附近的家庭餐厅。我们稍稍提早到了店里，真央和母亲却已经在店中等着了。

真央的母亲五十来岁，透出沉稳的气质。也许是因为要跟电视台的人见面吧，刚开始的时候她的表情有些僵硬，随着话题的展开，慢慢缓和了下来。

一周五天，早上8点到下午5点，真央的母亲在附近的超市做小时工，每月收入十几万日元。一家的生活费就靠这份小时工支撑，经济上很紧张，也造成了很大的精神上的痛苦。

“每天，工作和家务让我精疲力尽，很多时候都不能跟女儿好好谈心。”

母亲一脸疲倦地诉说着，充满歉意地看向真央。真央直到高中三年级的夏天，都跟母亲在同一间超市打工，贴补家用。后来因为要准备大学入学考试，才暂时辞掉了工作。

录制组在跟母亲的交谈中感觉到，真央也许并没有跟家里提过升学费用的事情。

特别是关于奖学金制度，母亲一副完全不了解的样子，这让我们难以释怀。我们提出问题，想听听身为父母，她对申请奖学金的看法，可她给我们的感觉是对此根本一无所知。

“这些事情对我来说太难了，我不懂，所以都交给她自己处理了。”

也许，母亲对真央打算申请的奖学金的金额，以及接下来必须要办的繁杂手续都一概不知吧。可是真央如果没有告知家长，也许是有什么原因——想到这里，我们也就没有对她母亲刨根问底了。

回去时，母亲开车把我们送到了最近的车站。采访结束后，也许是心情放松了吧，车里的闲聊也不再拘谨，彼此之间似乎变得有些融洽了。

## 日本学生支援机构的奖学金

关于真央母亲口中的“太难了，我不懂”的奖学金制度，我们就其基本内容整理如下。

日本学生支援机构的奖学金是必须要偿还的“借贷型”奖学金。借贷的对象是“因经济方面的缘故求学有困难的优秀学生本人”。

奖学金有“第一种奖学金”“第二种奖学金”和“入学时特别增额借贷奖学金”三种。第一种没有利息，第二种有利息，分别根据学力水平和家庭情况设定不同的借贷标准。

2017年，第一种的借贷额，如果考取的是国立或公立大学，住在自己家走读的话，每月4.5万日元，住在别处走读则是5.1万日元；如果考取的是私立大学，住在自己家走读的话，每月5.4万日元，住在别处走读则是6.4万日元。

第二种的借贷额为每月3万日元、5万日元、8万日元、12万日元不等，通过审查决定。第二种的利息在上限3%之内变动。假设考取了国立大学，4年间申请了每月5万日元的奖学金，利息为3%，若在15年内还清，偿还总金额大约300万日元①，需要负担60万日元②左右的利息。

“入学时特别增额借贷奖学金”的利用对象是接受了第一种或第二种奖学金，无法申请日本政策金融公库的“国家教育贷款”的人群。有利息，借贷额有5种，从10万日元至50万日元不等。

2015年劳动者福祉中央协议会（中央劳福协）的《与奖学金有关的问卷调查结果》（调查对象为申请奖学金的

① 按照2017年度平均汇率计算，约为18万人民币。
② 按照2017年度平均汇率计算，约为3.6万人民币。

人）显示，34岁以下申请者的奖学金借贷总额平均为312.9万日元，偿还期限平均为14.1年，每月的偿还额平均为1.7万日元。

申请奖学金的理由中，“减轻家庭的经济负担”最多，为75.9%，“用作学费的一部分”为50.9%，“用作生活费的一部分”为44.4%。

34岁以下的人群中，2个人中就有1人申请了奖学金，其中有六成申请了带利息的奖学金。同时申请有利息奖学金和无利息奖学金的学生也很多。

关于奖学金的申请人群，相对于高中毕业生一成左右的比例，大学毕业生大概在五成上下，研究生毕业生达到了七成。可以看出，学历高的人更需要申请奖学金。

支援机构的奖学金从毕业后第7个月开始偿还，还款期限最长20年。如果奖学金的偿还出现困难，一旦滞纳将会面临严厉的追讨。

自从转到支援机构，相对于育英会时代，追讨变得非常严厉。奖学金的偿还一旦出现拖延，首先会在超期1个月的时候，给本人或保证人打电话进行催促。

3个月后，本人的个人信息将被上传至各金融机构加盟的个人信用信息机构，被拉入“黑名单”。被拉入黑名单后，将会面临无法申请购房贷款或无法办理信用卡等影响正常社会生活的问题。

如果依然拖欠，在第9个月，支援机构将会向法院申请支付督促，法院会寄送督促通知。到了这一步，本人可以向法院提出异议，进行诉讼；如果没有异议，通知跟判决拥有同等效力，必须全额偿还借款。

如果没办法偿还，法院将会采取冻结工资等法律手段。

如上所述，一旦滞纳，将会面临各种严厉措施。在高中的奖学金说明会上，老师强调“可能无法按时偿还时一定要事先联系支援机构”就是出于这个原因。

偿还有困难时，可利用将每月的分期金额减半的“减额偿还制度”。针对因伤病或灾害还款困难的情况，还有可在一定期间内停止偿还的“偿还期限延缓制度”等。

自2017年开始，奖学金制度有了两个变化。

一个是新增了“无息奖学金”。本来，要申请无利息的第一种奖学金，除了要满足对家庭条件的要求，学习成绩还必须得在平均3.5以上，否则没有资格申请。“无息奖学金”则完全放开了成绩要求，只要是住民税非课税家庭的申请人，都能够申请到无息奖学金。

另外一个是确立了根据毕业后的年收入调整奖学金偿还金额的“收入联动偿还型奖学金”制度。毕业后的年收入若不足144万日元，月偿还额将被控制在2 000日元以内。

## “还不上奖学金”的非正式雇用的年轻人

也有数据表明，很多申请奖学金的人并不知道日本学生支援机构的追讨非常严厉。

前面提到的中央劳福协进行的问卷调查显示，知道“会给家里打电话催促”的人占27.5%，不知道的占71.7%。

知道“拖延3个月以上会被列入黑名单”的人占23.5%，不知道的占75.7%。另外，知道“存在能够延缓偿还期限的制度”的人占38.6%，不知道的达到了60.5%。很明显，没有完全了解申请奖学金所面临的风险就贸然申请的人不在少数。

究竟有多少人在拖延偿还奖学金呢？我们来看一下拖延人数的变化。1989年度的拖延人数约为13万，2003年度约为22万人，到了2014年度，增长到了约32万人。支援机构的奖学金拖延者中约八成年收入不满300万日元。而且，非正式雇用劳动者中每4个人就有1人曾经滞纳过。

关于偿还奖学金的负担，觉得“有点辛苦”的占27.7%，“非常辛苦”的占11.3%，综合起来感觉“辛苦”的人占了近四成。

从雇用形式来看，正式雇用劳动者中36.8%、非正式雇用劳动者中56%即超过半数的人，回答了“辛苦”。从各种结果来看，非正式雇用劳动者要偿还奖学金是非常困难的。

既然申请了奖学金，还款是理所当然的，但是支援机构的资金追讨将毕业后的年轻人们逼得喘不过气也是事实。其中，还出现过陷入个人破产，为了偿还奖学金而不得不留在残酷的职场，最后过劳自杀的严重案例。这些我们也无法视而不见。

**奖学金=背负800万的借款**

跟真央及其母亲交谈后3天，我们拜访了她家。母亲因工作外出，真央把我们让进了自己的房间。房间里摆放着学习桌、床和小桌子，收拾得干净整洁。

桌上放着装有奖学金申请资料的信封。我们再次问及她打算借多少奖学金，真央拿出材料做了说明。

“我同时申请了第一种无息奖学金和第二种有息奖学金。每个月一共有17.4万日元。另外，还打算借50万日元作为入学金。”

根据真央的决定通知书，她申请了第一种奖学金每月5.4万日元（如果考上志愿的私立大学，住在家里），第二种奖学金每月12万日元，以及有条件地申请了入学时特别增额借贷奖学金50万日元。

4年总额885.2万日元。高中三年级的学生要背负这么大金额的借款，确实让人没有现实感。真央为何要借这么多钱呢？

“除了4年的学费，我还想留学，所以觉得只申请第一种无息奖学金不够。入学之后也可以减少奖学金的借款金额，所以将来如果觉得太多了再减少也行。”

真央志愿的私立大学的学费，第一年包含入学金为127万日元，第二年到第四年为每年102万日元。4年间合计433万日元。另外，还有在读期间的留学资金以及自己的生活费等，所以就尽量多申请了。

申请的时候，几乎所有人都是申请到上限金额。真央今后即便减少借款的金额，至少也要借贷500万日元以上。

“必须要在事前自己决定申请的金额，真的很为难。还没上大学呢，谁也不知道到底要花费多少钱啊。”

当我们问及她对于偿还的不安时——

“只能一点一点还。哪怕要还好多年……很烦，可是没办法啊。毕竟是为了实现自己的梦想才去借的。”

她小声说道，就像是在说服自己似的。

**为成为教师而努力的3年间**

真央直到初中，也没什么特别的梦想。或是因与父母的关系而烦恼，或是跟对自己没有正面影响的朋友交往，过着“今朝有酒今朝醉”的学生生活。

不过，在初中二年级的时候，她遇到了将自己当成女儿一般关心的老师，这让她就此回到了正道上。这样的大人她还是头一回遇到。那次邂逅，让她有了一个梦想——自己将来也要做这样的老师。

“那时候根本没想过要上高中。但是，那位老师一直支持着我，我也就决定要拼搏一把，想着好歹先考上高中。我一直都没怎么好好学习，功课一点都不懂，但是想着至少把落下的部分补上，就开始拼命学习。我也没什么特别想去的学校，就选择了离家近的这所高中。然后，决定将来当老师。”

有了自己的梦想，真央眼中的风景变得跟以前不一样了。

“开始想要试试各种各样的事情。不光是想高中毕业后当老师，还想做各种各样的尝试。在高中有机会学到国际性问题，我渐渐地对志愿者、国际贡献之类的萌生了兴趣，想要挑战自己所不知道的领域。因此，我觉得必须要进大学继续学习。这算是比较大的变化吧。”

初中毕业的时候，真央了解到家里的情况，觉得不能让父母来负担自己上大学的费用。于是，她独自对大学学费大概需要多少资金作了研究，并发奋学习以争取能够申请无息奖学金。

“很难开口向父母询问家里的经济情况吧。但是，毕竟是自己家，从小时候起我就觉得挺困难的。也许是蛮艰辛的吧，所以我就打算自己申请奖学金了。”

高中时代，一边做着男子篮球部的经理，一边为了减轻母亲在家计上的负担每周数次在便利店打工，同时还要努力用功学习。最终，她在定期考试中获得了年级第一名，学力水平可见一斑。正因为如此努力，她才能够申请到无息奖学金。她高中入学之后就开始担心考入大学的话所需的费用，细致地研究奖学金的情况，有计划地度过了高中生活。这让我们吃惊不已。

“钱非常重要啊。因为钱的缘故而葬送自己的前途岂不凄惨？所以我觉得钱真的是非常重要的决定因素。有想读的大学，却因为学费高而去不了，这实在太残酷了。”

## 无法跟父母商量

奖学金是孩子自己申请的，毕业后即便无法就业也要偿还。也就是说，是要自己还款的。话虽如此，真央即便担心钱的事情，也无法向父母倾诉内心的苦闷。

“果然还是很难跟父母说起奖学金的事情。怎么说呢，就像是把现实摆在面前一样……”

她觉得，跟父母商量会伤害到父母的感情。

如果提出要“申请奖学金借款”，就像是在抱怨“我们家经济状况不好，我才不得不去申请奖学金上学”。这到底是很难说出口的。

可是，事关今后的人生，如此重要的事情难道不应该一家人好好商量吗？对此，真央也一直在为父母着想。

“对每天都在拼命工作的妈妈来说，这会成为额外的负担啊。如果明确告诉她每月借款的具体金额，她会觉得‘啊，不能借这么多，我必须要更加努力才行’，我不愿意再给她增加负担。”

真央干脆地说道：“不想提奖学金的事情。”

孩子们对家庭状况要比家长想象得还要敏感。他们会优先考虑父母的心情，企图自己解决问题。绝不是因为亲子关系恶劣，可还是无法交流重要的事情，时间就这样匆匆流逝了。真央的情况就是如此。

然而，这将真央逼入了更加艰难的境地。

## 付不出入学金？

12月下旬，冒出了一个大的问题。真央来到学生会谈室找植森老师，坦言如果2月大学入学考试合格，可能没办法在截止日期之前准备好入学金和前期的学费。

真央报考的学校会在2月中旬公布合格名单。合格的话，必须要在一周之内汇出入学金25万日元，在一个月之内汇出前期学费50万日元。

但是，真央申请的奖学金要在大学入学之后才能汇入账户，也就是说不会早于4月，时间上来不及。这就需要父母帮忙垫付。可是说到筹措资金，双亲都指望不上。父亲说会跟亲戚借钱，可是谁也无法保证到底能不能借到。

在限期之内必须要将总计75万日元汇至大学，否则就算努力考试合格，也有可能被取消入学资格。

如果跟亲戚借不到钱，还有没有别的办法？植森老师向真央提议道：

“不知道会出现什么情况，可能亲戚也拿不出这笔钱，或是有其他意外，所以为保证万无一失，如果能够从别的地方筹措到资金，我觉得还是申请了为好。我先给你介绍一下吧。”

植森老师拿出了“国家教育贷款”的宣传册。

国家教育贷款是由政府全额出资的金融机构日本政策金融公库进行融资的教育贷款。

这是“旨在减轻家庭的升学经济负担、追求教育机会均等”的制度，用于满足“入学前的资金需要（入学金等）”和“入学后的大额资金需要（后期学费等）”，能够跟奖学金一并申请。

申请金额上限是每个孩子350万日元以内。不仅是入学金，也可以用来支付考试费、教材费、住房开销等费用，适用范围很广。

它同日本学生支援机构的奖学金制度的最大区别在于借贷主体不同”。孩子自己申请的是奖学金，监护人申请的是教育贷款。

另一个区别在于借贷时间不同。奖学金制度为“意向发放”，在高中三年级的时候申请，奖学金入账却是在4月之后。因此，像真央这样的情况就来不及支付考试费和入学金。

教育贷款的一大特征则是只要通过审核，就能够在入学前收到款项。从提出申请到得知结果大约10天，拨款到账约10天，最快需要20天。如果根据入学金的汇款期限逆推进行准备的话，是有可能及时申请到的。

每年的1月到2月，办理窗口非常拥挤，材料审核也格外耗时，所以日本政策金融公库希望申请人在必要时间的2至3个月前提出申请。

据日本政策金融公库介绍，多数申请者都会同时向支援机构提出申请，入学前的费用靠国家教育贷款，入学后靠奖学金，双管齐下。

植森老师建议真央先取得“贷款申请书”。与刚才的宣传册放在一起的，还有规定格式的表格，可以在表格中填写必要事项邮寄或是在网上申请，对方随后会将申请书寄过来。

获取申请书也很费事，我们在旁边听着都不禁担心起来，正在准备考试的真央有这个多余的精力吗？然而，手续之繁琐不单止于此。

翻看手中的借款申请书，除了要填写必要事项，还得准备必需的材料。植森老师对照小册子上的清单逐一确认。

“首先，居民卡是必须的。你必须去趟市政府，需要家庭全体成员的居民卡的复印件。能拿到吗？”

“嗯。”

“然后，贷款人如果是你父亲的话，你父亲的驾驶证的复印件也是必需的。这没问题吧？”

“嗯。”

“接下来，需要存折的复印件。公共事业费如果是直接从账户扣款，需要将体现扣款的部分复印提交。另外，还需要复印存折的金融机构名称信息页。如果不是直接扣款，而是在便利店等地方支付，那就需要发票。需要过去6个月的。”

“嗯，这有点说不好啊……我问问看。”

接着，植森老师拿起听筒，给咨询窗口打了个电话。

“不好意思，我是大阪府立××高中的植森。一直承蒙您的关照。关于申请时提交的材料，我有些地方想要确认一下，可以吗？好的。申请材料中的收入证明，这里提到的有代扣税征收票和确定申告书，那么领取养老金的话需要提交什么材料呢？好的，好的……养老金支付额通知书吗？如果是父亲申请的话，只提交父亲一个人的收入通知书就可以吧？母亲应该是非课税通知书，没问题吧？我猜应该没有做确定申告。我不是很清楚。好的，明白了。要代扣税征收票。”

电话弄清楚了必须要提交的资料有父亲的养老金支付额通知书和母亲的代扣税征收票或非课税通知书。

真央听着电话的内容，什么“代扣税征收票”啊“确定申告书”啊，这种高中生根本不熟悉的单词层出不穷，让她脸上渐渐染上了不安。

植森老师表示“最好能让父亲联系一下学校”，并暗暗观察着真央的表情。

教育贷款的申请人是父母。真央能开口说服父亲做贷款申请人吗？而且，能拜托父母准备大量的申请材料吗？她会不会瞒着父母，打算靠一己之力在截止日期前把材料备齐？可以感觉得到，老师对真央非常放心不下。

真央问道："如果材料有一份不全，贷款就批不下来吗？"

"不，只要提交就好。寄出材料，接受审查，如果未通过，应该会收到写着'很遗憾……'的否决通知。这样的话，就算没办法申请到国家教育贷款，只要有这个通知，就能够申请到支援机构的入学时特别增额借贷奖学金。以此为担保，就能够申请民间机构的教育贷款。"

这是什么意思呢？在真央收到的支援机构的"发放候选人决定通知"上写着这样一个条件：无法取得国家教育贷款的，将提供50万日元的"入学时特别增额借贷奖学金"。即使由于材料不全而无法通过国家教育贷款的资格审查，只要拿到"否决通知"，就能够申请到50万日元的奖学金。

但是，这50万日元归根结底也得等到4月份入学之后才会汇款，岂不是完全解决不了问题？事实上并非如此。只要确定能够申请到"入学时特别增额借贷奖学金"，就能够获得以此为担保申请民间教育贷款作为"过渡性短期借款"的权利。民间的教育贷款指的是银行或劳动金库（劳金）[①] 等提供的教育贷款。

---

① 日本以工会、消费生活合作社等团体和工人个人投资或储蓄为本金组织运营的金融机构。不以营利为目的，对工人生活和工人团体的事业所需等进行贷款。

植森老师料想真央通过国家教育贷款资格审查的可能性并不高。因此，根据被否决后的解决方案，提出了申请民间教育贷款的建议。

真央需要办理的手续简单记录如下：

> 申请国家教育贷款 → 资格审查被否决 → 确定获得申请“入学时特别增额借贷奖学金”的资格 → 以此为担保申请民间的教育贷款 → 通过审查 → 考上大学 → 正式签署教育贷款合同 → 在一周后的入学金缴纳期限之前资金到账 → 向大学支付入学金 → 3月中旬支付前期学费 → 4月以后，入学时特别增额借贷奖学金到账 → 以此为本金偿还民间的教育贷款

只是听听就已经觉得头昏了。以奖学金为担保申请教育贷款，说穿了就是“用借款去借款”。

但是，必须要办理连大人都要打退堂鼓的冗繁的手续，否则就有可能上不了大学。真央已经被逼到了如此境地。而且，她并不打算拜托父母办理这些手续，就只能靠自己做这些工作。在准备大学入学考试的这段特殊时期，她真的能做到吗？

## 向劳动金库提出申请

植森老师对真央的说明还没有结束。话题进行到了应

该选择哪里的民间教育贷款。

“如果国家教育贷款的审查没有通过，可以考虑劳金的教育贷款。”

民间的教育贷款中，最规范的是各地的劳动金库提供的教育贷款。该教育贷款采取的是“入学时必要资金融资制度”，贷款额上限为“入学时特别增额借贷奖学金”金额，可以在入学前到账。拿真央的情况来说，她能够借贷50万日元。只是，这也需要进行资格审查，有必要尽早商定。

“审查大概需要2个星期。可是，大学入学考试合格之后顺推2个星期的话，汇款就来不及了。本来应该按照‘合格—提交材料—审查’的流程申请的，现在有必要提前接受审查。所以，一旦申请国家教育贷款行不通，就要马上给我打电话。我认为1月去比较合适，得抓紧时间了。我也知道你得争分夺秒准备考试，可是我觉得最好是寒假期间就行动起来。你看是不是跟母亲一起去？”

“嗯……”

植森老师也在为表情黯然的真央打气。

“如果不放心，我也一起去。之前也有类似的情况。提前联系好，星期六也会有人接待的。要不我直接跟你母亲说？”

但是，真央一脸踌躇：“怎么说好呢，有点……”

“当然，如果能够从亲戚那里借到钱，就皆大欢喜，可是如果借不到呢，如果真的没钱呢……”

“即使能考上……”

“是呀，我只是有些担心啊。能行吗？”

“唉……”

真央坐在椅子上深深叹了口气，低下了头。

“好辛……”

“很辛苦吧。果然很累吧。毕竟还只是高中生啊。”

“嗯。好烦，好烦，真的好烦……”

一直压抑的不安和焦躁就像冲垮了堤坝般溢了出来，泪水渐渐打湿了纸巾。

植森老师抱着真央的肩喃喃说道：

“你肯定是想简简单单升学，不想操心这些事吧。借钱真的压力很大啊。如果你自己考虑这些事情太痛苦，我可以跟你母亲说。”

“是啊……妈妈……”

“你妈妈也看起来很辛苦？”

“嗯，妈妈似乎也很辛苦……”

“这样啊……正因为妈妈看起来很辛苦，你才要自己处理的吗？”

“真的好烦……”

“可是啊，这是你一直以来的梦想，对吧？已经努力走到了这里。有什么事，你可以来找老师。很多人都在支持你哦。我们都对你寄予厚望呢。”

“好的。总而言之，我会努力的。没事的。”

紧握着被泪水打湿的纸巾，真央渐渐恢复了平静。

万万没想到，不光是要背负奖学金这笔巨额借款，大学入学考试合格后是否能够顺利入学竟然也会让高中生烦恼至此。

过了一会儿，真央拭去泪水，离开了会谈室。

目送真央走出会谈室，走过走廊，植森老师回头跟还留在室内的我们说道：

“哎呀，她看上去真的很辛苦啊。”

老师一脸困惑的表情，继续说道：

“本来，现在正是奔着考试合格发奋努力的时候啊。所以只是学习就已经非常辛苦了，也会感到不安。可是，她却还要考虑钱的事情，要去填写申请表，准备材料。真的非常累。”

植森老师也是第一次看到真央脸上露出那种痛苦的表情。

“当事人不靠父母，觉得只能自己一个人去解决问题，这是最痛苦的吧。她还是高中生，想到必须要做这个做那个，心里肯定苦得很。我们能做的事情有限，只能竭尽所能提出了建议。可是，总觉得这像是把她推进了死胡同……心中很有些愧疚。”

植森老师焦虑的心情实实在在地传递了过来。

**升学费用哪里来?**

除了上述话题中提到的劳动金库的教育贷款外，还有各种民间的教育贷款。其中有一种声名远播、申请人数不断增长，那便是社会福祉协议会提供的“生活福祉资金”。

若确定能够申请到日本学生支援机构的奖学金等款项，以此为条件，就能够申请到资金作为“过渡性短期借款”。

为了支付大学的入学金而申请的“就学准备费”只要在50万日元以内，就能够以无息的形式申请。学生本人可以作为贷款人这一点有别于国家或劳动金库的教育贷款。只是，申请条件是仅限于生活保护家庭或住民税非课税家庭。也就是说，收入超过一定标准就没有申请资格。因此，真央并不满足申请条件。

除此之外，还有一个申请条件，就是需要提交居住区的民生委员出具的“调查书”。民生委员会调查情况，可实际上，有不少家庭就卡在这个“调查书”上，不得不放弃申请生活福祉资金的想法。民生委员大多由住在附近的熟人担任，很多监护人并不希望让外人知晓自家的经济状况。

生活福祉资金（就学准备费）的申请者在全国有1 921人（2015年度）。随着支援机构的奖学金的申请人数激增，2000年以后，该资金申请人数也出现了大幅增长。最近，母子单亲家庭中利用该资金的人数有了极快增长。

离开会谈室，回到家的真央独自为了钱而烦恼。可是，就算想破脑袋，也没办法借到钱。突然，她抬头看向了天花板——

“烦死了！钱，你快掉下来吧！”

毫不掩饰的真心话脱口而出。

“某一天，这里要是忽然放着75万日元该多好啊……”

眼前，是植森老师拿来的国家教育贷款的宣传册。封面上的标题写着“升学、读书的坚强后盾！国家教育贷款！”，高中生模样的男女二人爽朗地微笑着。天文望远镜、宇航员、吉他、电脑等代表着未来梦想的各种手绘插图环绕在这二人身边。真央瞪着宣传册，死死盯着封面：

“笑什么呀。”

真央一个人对着宣传册封面上浮现出笑脸的照片吐槽：

“感觉处处都是梦想。可是，这时候根本笑不出来啊。如果要申请这个的话。”

对奖学金或教育贷款的偿还束手无策的人正在增加。法院对未偿还奖学金的人发出的支付督促在2004年是58件，到了2014年，增加到了5 039件。因奖学金而破产的人在2014年超过了11 000人。

**即便引入发放型奖学金……**

2016年12月中旬，新闻报道了一条关于奖学金的新消息。国家将从2018年开始正式引入“发放型奖学金”，2017年度会在部分地区先行实施。迄今为止，国家提供的奖学金只有必须要偿还的“借贷型”，增加无需偿还的“发放型”尚属首次。发放对象为考入大学、短期大学、专科学校的住民税非课税的低收入家庭中获得高中推荐且满足一定成绩要求的学生，名额约2万人，每月支付2万至4万日元。

奖学金标准如下：在外租房的私立大学学生每月4万日元，住在家里的学生3万日元。在外租房的国立或公立大学学生每月3万日元，住在家里的学生2万日元。另外，从儿童福利机构考入大学的学生入学时将会获得24万日元。在2017年的先行实施中，发放对象约有2 800人，希望今后有更多的学生受益。

根据OECD的调查，日本的公共费用支出中，教育支出的比例很低。在大学等高等教育方面，家庭的负担比重非常高，仅次于英国，位居第二。学费比日本更高的国家也有，可是在这些国家，发放型奖学金制度非常完善。OECD中没有发放型奖学金的国家，只有日本和免费教育体系完备的冰岛。

在这样的背景下，国家引入发放型奖学金对于家庭经济状况不佳的孩子来说是很大的进步。

但是，也有不少专家指出发放的金额偏低。从国际上来看，很多国家将最高金额设定为5万日元，而日本引入的奖学金制度最高才4万日元。今后在贯彻制度的过程中不断论证效果、不断完善不足之处将至关重要。

同时，2017年度发放型奖学金先行试点，对于这一年考大学的真央也是利好消息吧。可是，很遗憾，真央不符合条件。因为，先行试点的对象是从"自家以外"往返私立大学等学校上课的住民税非课税家庭的孩子。

真央打算考上大学后住在家里，而且父亲的养老金加上母亲的打工收入的话，家庭收入也超过了标准，不属于住民税非课税家庭。因此她无法申请。

## 国家教育贷款

事后，真央马上按照老师的建议开始着手准备申请国家教育贷款。学校在放寒假，没办法边准备边向老师请教。因此，我们决定在拍摄的空闲跟她一起研究材料。

首先，我们替真央去大阪市内的日本政策金融公库的支行取得了必须要最先拿到的“贷款申请书”，交给了真央。真央去市政府取居民卡的复印件和父母的收入证明书时，我们也陪她一同前往。看到高中生不依靠父母，为了办理贷款手续站在市政府办事窗口的样子，我们感到非常心痛。

有一幕让我们终生难忘。那是真央去领取母亲的收入证明书的时候。此时第一次知晓母亲年收入的真央说了这样一句话：

“妈妈竟然是这么拼命地在工作……”

我们被处处为父母着想的真央的体贴打动了。

新年伊始，1月上旬。

真央在智能手机上填写志愿学校的申请书。距离考试还剩1个月。真央锁定了一所志愿学校。她要参加三个学院的考试，考试费总计7.5万日元。这笔钱是父亲从养老金中挤出来的。她自己去便利店汇了考试费。

然而，即使到了这个时候，真央还是没跟母亲提教育贷款的事。所以，就算已经做好了寄出申请书的准备，她也没办法把申请书投进邮筒。

“她真的太忙了。嗯，也要讲究时机。就算下班回来，也是精疲力尽的状态。是的，我不太想跟她说这个。暂时想在妈妈休息的时候再提。”

结果到了2月份，真央也没能将国家教育贷款的材料邮寄出去。而且，她再也没来找过植森老师。

## 为了孩子们的将来

针对高中生面临的奖学金问题，是否有解决的对策呢？

首先，家长需要改变思想。正视大学学费高涨的现实，结合家庭收入认真考虑该如何筹措孩子高中毕业后需要的资金，这一点非常重要。如果要申请奖学金或教育贷款，对本人或监护人来说有哪些风险，将来是否能够偿还，父母也有必要掌握这些基本知识。

其次，家长要重视与孩子之间的交流，尽量尊重孩子的升学意愿。如果打算申请奖学金或教育贷款，有没有能力偿还？希望家长和孩子深入沟通后再做决定。

随着非正式雇用和单亲家庭的增加，不少家长疲于应付眼前的生活，一头扎进工作中，疏于同孩子深入沟通交流。希望这些家长能够意识到，自己的孩子正在为父母一味隐忍，甚至要为了父母去试着独自做一些力所能及的事情。

为了让家长也能够了解奖学金等升学资金相关的制度，一些学校在举办奖学金说明会的同时，也会邀请理财顾问前来召开相关的咨询会。我们希望这种面向家长的尝试能够不断普及。

除上述对策外，学校应该做些什么呢？今后，各校的老师有必要充分了解奖学金和教育贷款，并将准确的知识和信息传达给学生及其监护人。开始培训深谙复杂制度的专业老师的学校日益增多，这种校方的应对措施也将越来越必不可少吧。

在此基础上，除了制度相关的基本知识和手续，针对具体的偿还办法和借款的风险、滞纳时的处理方法等，对学生进行细致认真的指导也很有必要。不仅是负责奖学金的教师，其他教师也应该有大致了解，在关键时刻能够为学生提供必要帮助，比如学生在手续方面遇到困难时，可以成为学生与专业教师之间的桥梁。我们衷心希望在升学这个重要的人生节点，教师们可以支持学生，让他们不至于面对后悔莫及的结果。

此外，教师还必须改变思想。我们在采访中感受最强烈的，是教师在诸如“自己到底有多了解学生”“学生到底有多信任自己”等问题上，与学生的认知大相径庭。

在后面第三章中会提到，学生就家庭问题或本人的烦恼向教师寻求帮助的比例非常低。也就是说，几乎没有哪个学生在遇到困难时会将老师当做能够依赖的对象。

然而，教师对此却很乐观：“如果有什么事，他们肯定会来寻求帮助。一旦有事肯定会依赖老师。”这种认识的偏差有可能会导致双方渐行渐远的结果。教师们或许应该积极地主动去了解学生到底有什么难处。

真央不想让父母担心，自己独自一人办理奖学金和教育贷款手续，在办手续的过程中即便遇到了困难，她也靠一己之力撑了过去。看着这样的真央，我们脑海中忽然闪现出个念头：也许有必要增设一个不为自己身边的大人所知，孩子们能够安心寻求帮助的援助窗口。

当然，学校里的校园咨询师和医务室的老师有时候承担了这部分职能。但是，不是在学校里，而是让更加开放的场所具备这样的职能，也许并非坏事。如此一来，不想给父母添麻烦，也不愿意被学校知晓自己烦恼的学生们，也许会有更多得到帮助的机会吧。

## 因偿还奖学金而无力结婚生子

高中生们进入社会之前就已经背负了巨大的奖学金包袱，问题到此并未结束。我们还发现，进入社会之后，很多需偿还奖学金的人难以正常结婚生子。

奖学金的偿还期很长，从二十几岁到三十几岁的漫长生涯里，负担一直都在那里。这一时期跟结婚、生育、育儿等人生大事是重合的。

日本学生支援机构的奖学金的偿还自大学毕业、成为社会人的7个月后开始。偿还期限因借款额而定，多数情况要还13到20年，极其漫长。假设从4年制大学毕业，23岁开始偿还，还清借款最早也要36岁。如果金额巨大，或者选择了慢慢还，需要还到43岁。

年轻的时候，收入低无法偿还时，可以利用偿还延缓制度。但由于延缓期最长10年，若最大限度利用这一制度，有些人直到46至53岁还在还款。

前述的劳动者福祉中央协议会的问卷调查显示，回答奖学金的偿还对结婚“有影响”的人比例最高，为31.6%；回答对生育“有影响”的人占21.0%；回答对育儿“有影响”的人达到了23.9%。

而且，相较于正式雇用，非正式雇用的人群占了很高的比例。因此，越是收入低的非正式雇用劳动者，奖学金的偿还便越是对其结婚、生育及育儿造成影响。

当然，雇用环境有必要改善，可是如果不能同时对不得不依靠奖学金的日本的教育体系进行重新审视，或许会招致未婚人数增加、少子化愈演愈烈、疲于生活的人群不断出现的后果。

日本的奖学金是由政府支援机构出资的奖学金，一直以来就只有借贷型，所以即便从世界范围来看，教育贷款的使用者的比例也呈现了压倒性的高值。

今后，随着发放型奖学金的扩充，如何保障充足的财源将是重大课题。另外，在奖学金利用率偏高的背景之一是大学学费的水涨船高。民间企业或大学方面能做些什么来减轻家长或学生负担的学费压力呢？这一点也有必要一并做深入探讨。

**来自母亲的邮件**

2017年2月12日，晚间9点，NHK特别节目《看不见的“贫困”》播出。在涩谷的广播电视中心跟完直播，做完杂事，已是凌晨。吃完了迟来的晚餐，深夜1点，我接连收到了观看节目的真央母亲的邮件。

“节目收看了。我觉得，女儿对我们家长不可言说的不满和烦恼比预想的要多。”

“女儿应该满心都是深深的不安、操劳和各种各样的心情。”

“一想到女儿那小小的身躯已经被压得喘不过气，我心里就难受得无以复加。”

“女儿随后应该也会联系您。是缘分让我们能够相遇。祝您在今后的日子里更加大展身手，我会一直支持您。”（出于隐私，对部分内容做了处理）

或许收看了节目，知晓了平时不可能了解到的女儿的心情，内心百感交集，所以她才发来了断断续续的文字。

已经为自己的生活拼尽全力，没办法再顾及女儿的情绪。为了守护住女儿的生活而拼命工作，却因此牺牲了与女儿交流的时间，无法挤出充足的时间来仔细考虑女儿的事情。如果是这样，这真是世上最令人悲伤的事情。

帮助孩子，也是帮助家长。就算是为了让当女儿的能够安心跟母亲撒娇、敞开心扉，在母亲的收入无法支撑家计的时候，我们应该提供些什么样的经济援助？我们绝不应该忽视支援家长这一思考角度。

节目播出后，植森老师也发来了邮件。植森老师同样告诉我们，通过节目才了解到了真央的一些想法。

“谢谢您。这次采访过程中，我了解到很多情况，也生出了诸多思考。‘说不出口的，正是最想让人知道的。’她所发出的信息，不只是面对社会，也是向身边的我们这些大人发出的信息。希望自己的辛苦能够被理解，希望自己的困窘能够被看到，她一定是一直在这样诉说着。”

## 考上大学

2月中旬，我们迎来了真央的志愿学校的放榜日。早上开始，我们就紧张地等着消息，终于在傍晚收到了真央的信息。

“考上了！一切顺利！春天开始就是大学生了！”

看到消息，我们不禁高兴地笑出了声。

而且，最令人担心的入学金和第一年的前期学费等共计75万日元也顺利跟亲戚借到了。汇报大学录取的短信后面还写了收看节目的感想。

“对了，我收看了节目！‘钱，你快掉下来吧！’虽然有点丢人，可是很真实，我觉得很好。”

节目播出后，观众们陆续联系我们，希望可以对真央提供资助。

“就像看到了自己的孙子，真的是坐立不安啊。”

“我想现在马上汇出75万日元，麻烦告诉我银行账号。”

“不希望看到她因为钱而放弃梦想，希望能够匿名提供资助。”

……

观众或是给NHK观众交流中心打来电话，或是通过熟人直接联系，至少有十来人想提供帮助。我们再次感受到了电视的巨大影响力。

当我们联系真央提及此事时，她很高兴：“被那么多人关心我太开心了。”但是她干脆地拒绝了资助。真央的话里字字是她接受采访的真心。

“虽然是很大一笔借款，可我希望大学毕业后，凭自己的力量和家人的支持去偿还。我只是希望能够让大家知道高中生的现状，我觉得不能够接受捐款。”

真央希望让大家知道“高中生身处的现状”。“看不见的贫困”，只是大人们没有察觉，希望他们能够知道高中生们正在跟贫困做着艰苦的斗争。

在这个意义上，真央跟我们节目组成员是同志。有人要提供援助，是真央的心声深入人心的证据。正是想到此，相较于具体的援助，想提供援助的心意本身才更是令人欢喜吧。

# 第三章
# 靠打工来维持家计的高中生们

"不打工就活不下去。可是,如果打工影响了学业,
这样的高中生活又有什么意义呢?"

## 看上去是普通的高中生，可……

为了用数据来揭示工作的高中生面临的现状，我们希望能够对学生们展开调查。我们最终选定的采访现场，是千叶县内的某所公立高中。

早上8点一过，校门前便挤满了来上学的高中生。虽说是冬天，却几乎没有学生穿外套。无畏严寒，迎着朝阳步入学校的学生们的身姿，看上去充满了希望。

清晨的学校十分热闹。学生们的欢声笑语响彻走廊，有的一脸兴奋地讲述着去参加喜爱的偶像活动现场的经历；有的围成圈热衷于讨论同学的恋情；有的单手拿着智能手机观看喜欢的视频，正闹得欢腾；有的跟朋友分享最近流行的化妆术；有的双眼放光地诉说着休息日去游乐园的事……

随处可见的、极其普通的高中一角。

看到这幅光景，没有人会联想到“6个孩子中就有1人身陷贫困（采访当时）”的现实吧。因为，一眼望去，每一名学生看起来都是那么“普通”。可是，校长却在接受采访时这样说道：

“全校学生中，单亲家庭大概有二到三成，也有一定数量的家庭正在接受生活保护。但是，就连老师，仅靠日常的接触也没办法知道某个孩子在经济上是不是有困难。”

每天都会在教室里见面的“最亲近的大人”——教师，就连他们都看不到的，正是高中生的贫困。

事实上，高中生甚至不会被当作贫困的调查对象，迄今为止都没有得到应有的重视。因为，接受义务教育的小学生和中学生的贫困问题被优先提了出来。

可是，长年从事儿童贫困研究的首都大学东京①的阿部彩教授指出，正因为高中生的贫困问题“更加不易察觉”，才有必要将这个问题具象化，进行深入了解。

“高中生已经到了可以打零工的年纪，算是半个大人了。如果这段时间内无法做好将其妥善送入社会的准备，可能会造成贫困的再生产。”

有数据显示，孩子们上了高中，教育费的激增会导致家庭负担加重。根据总务省的全国消费实情调查（资料1）对儿童的教育费用（包括社团活动等在内的学校费用及文具、参考书等）的调查，小学生每月的开销约1.6万日元，与之相对的，高中生约7.9万日元。仅靠父母的收入负担不起，孩子外出打工的情况日益增加。

① 2020年4月改名为东京都立大学。

因为希望能够明确有在读高中生的家庭的经济状况与高中生打零工之间存在什么样的关联，我们注意到千叶县内16所高中进行的有关打工的问卷调查。

## 为生活费而打工的高中生占51%

从2016年的秋天到冬天，对千叶县公立高中进行的问卷调查做出回答的高中生有2 515人。其中，有近四成的学生在打零工。问卷结果中首先引起我们注意的，是长时间打工的学生数量很多。

一周打工4天以上的学生占44%（抹去小数点），几乎占到了打工学生的半数。（资料2①）

而且，平日的打工时间为4小时以上的学生达到了46%。（资料2②）假设平日的放学时间大概在4点，从下午5点开始打工，学生要一直工作到晚上9点。而且，如果每周要把一半的时间耗在打工上，那么用在社团活动或学习上的时间必然会减少。

那么，高中生们到底出于什么目的工作的呢？

针对“打工的目的”的设问（多选题），回答为了去卡拉OK等“与朋友交往”的最多，约75%。另外，为了“储蓄”的有约51%，回答手机费或餐费、参考书等为了“生活费”的学生达到了约51%。而回答为了“升学费用”的有约18%，为了“贴补家用”的回答也占到了约11%。（资料3）从这个结果，我们可以得知，为了不给家长添麻烦，自己的开销靠自己赚的高中生有很多。

**资料1　儿童每月的教育费用（来自总务省全国消费实情调查）**

| | |
|---|---|
| 小学生 | 16 020日元 |
| 中学生 | 56 377日元 |
| 高中生 | 79 795日元 |

**资料2**

**① 打工的天数**

| 每周1天 | 2天 | 3天 | 4天 | 5天以上 |
|---|---|---|---|---|
| 3.7% | 16.2% | 34.4% | 29.6% | 15.1% |

**② 平日的打工时间**

| 不满3小时 | 3小时～不满4小时 | 4小时～不满5小时 | 5小时～不满6小时 | 6小时以上 |
|---|---|---|---|---|
| 10.2% | 38.7% | 34.0% | 10.2% | 2.5% |

**资料3　打工的目的（可多选）**

| ① 贴补家用 | ② 手机、衣服等生活费 | ③ 储蓄 | ④ 升学费用 | ⑤ 与朋友交往（卡拉OK等） |
|---|---|---|---|---|
| 11.1% | 51.5% | 51.7% | 18.6% | 75.2% |

高中生们认为没有零花钱很正常，便努力去打工。他们觉得，购买学习参考书、与朋友在外聚餐的费用等，自

己的开销就要靠自己去赚取。

以前一提到高中生打工，给人的印象就是零花钱不够用了，想买喜爱的乐器之类，为了稍微奢侈一把。可是，问卷调查的结果得出的结论却是“为了生活费”而工作的高中生增多了。

## 没有钱，就没法跟朋友一起玩儿

放学后，在学生们都走光了的教室里，我们跟一名愿意接受采访的女孩约在这里见面。

“让您久等了！”

伴着清脆爽朗的声音走进教室的是高中三年级的充希同学（化名）。

她在问卷调查的自由留言栏里写下了“没有钱，就没法跟朋友一起玩儿，真是太痛苦了”。我们想知道充希到底怀着何种心情写下了这句话，就拜托学校介绍我们见面。

充希家是四口之家，她与父亲、母亲、哥哥一起生活。父亲的工作不稳定，也有不工作的时候。母亲做小时工支撑着家计，可生活上依旧不宽裕。充希只好打工赚取与朋友社交的费用等生活费。平均一周打工4天，不过遇到忙的时候，一周要打工6到7天。

“连勤真的是太累了！”

所谓连勤，是指一周无休地工作。也许有人会想：如此辛苦的话，与朋友的社交费用稍微节省点不就行了吗？

“为了社交费用打工，算不上贫困。”

我们希望有此类想法的人能够了解到高中生面临的现实。对于没有零花钱的高中生们来说，打工赚取社交费用对保障学校生活、维系朋友关系而言是必不可少的。

一直到初中，若是公立学校的话，几乎所有的学生都住在同一地区，聚会的地点也在步行范围内，所以一般是不太产生开销的。可是，进了高中之后，也有从很远的地方来上学的学生，因此一旦要在某处集合，就会产生交通费的开支。

不光是活动范围扩大，在外面吃饭啦、去卡拉OK啦、去游乐园啦，被邀请参加这些花钱的活动的频率也会增加。可是“我没钱，所以就不去了”这样的话又难以说出口。于是便时不时跟朋友一起出去玩儿啦、庆祝生日啦，怎么都是需要钱的。

“当别人邀请我出去的时候，我想过因为没钱只能拒绝。可是，没钱去不了卡拉OK这种话，我自己是说不出口的。”

充希似乎很担心，如果一直拒绝邀请，朋友关系会难以维系。

对高中生来说，朋友关系处得如何很大程度上左右着高中生活。

“如果别人觉得我不好相处，不邀请我了怎么办？”

“如果别人觉得我没钱，出于同情避开我了怎么办？”

越来越多的学生不希望因为经济不宽裕，陷入无法维系朋友关系的状态。

通过问卷调查的结果，我们可以清楚看到，越是家计困难的高中生越是存在希望隐藏自身经济状况的倾向。金钱上有困难也不会向他人寻求帮助的人中，“感到家计还宽裕”的约占14%，而“感到家计艰难”的约占29%。另外，我们向即便家计艰难也从未寻求过帮助的人询问了理由，回答“因为这是只能靠自己解决的问题”的人约占63%。（资料4）

不跟任何人交流经济困难的状况，试图靠自己打零工的钱解决，所以即便是朋友和老师也无法察觉到“贫困”，更不用说在旁人看来了。高中生在经济上的困窘也就越来越难以被发现。

| | | |
|---|---|---|
| **资料4** | ① 金钱上有困难也不会向他人寻求帮助的比例 | |
| | 感到家计艰难 | 29.2% |
| | 感到家计还宽裕 | 14.1% |
| | ② 即便家计艰难也不寻求帮助的理由 | |
| | 因为这是只能靠自己解决的问题 | 63.3% |

## “工作堆积如山，太辛苦了”

我们去采访的时候，高中二年级的绘里香同学（化名）正在教室里放声大笑。

绘里香喜欢用智能手机观看喜爱的艺人的视频，同朋友闹在一起，她的身边总是围满了朋友。这是名非常活泼爽快的高中女生，是那种在原宿随处可见、最喜欢现下流行的可爱物件的极其普通的女孩子。

绘里香从包里拿出指甲油及化妆品等“可爱变身工具小套装”。听说她朋友同样也随身带着化妆用品。

“这个叫做‘普蒂普拉’。为了找到又可爱又便宜的，我可真是拼了命了。”

所谓“普蒂普拉”，是“petit price”的简称，指的是能让女孩子变得可爱的化妆品或时尚杂货等商品中，能够以相较于普通厂家或品牌商品更为低廉的价格入手的商品。

绘里香在百元店里不断搜寻化妆品及时尚杂货，尽可能购买廉价物品以节省开支。不是选择“没钱就不买”，而是选择“尽可能便宜入手”——高中女生们积极而执着的态度让我们不禁会心一笑。

绘里香也是尽可能不给单身的母亲增加负担，不要零花钱，尽量节约度日。但是，她还是在自己打零工赚钱的范围内，享受着打扮的乐趣。让她梦想成真的，就是普蒂普拉和平价服装连锁店。

不仅化妆品可以在百元店购入，甚至出现了用千元纸钞购买流行服饰还有找零的商店。这类便宜商品的大量出现，也会在外表上掩盖贫困。

高中生们即便生活艰苦也会高明地乔装，尽量让自己看上去普普通通。从外表上难以把握他们的生活状况跟这一点有很大关系。

那么，打工支持家计的高中生们的生活究竟是什么样的呢？我们对绘里香进行了跟踪采访。

2017年1月，寒冬，早上6点刚过的车站站台。寒风凛凛，稍微站一会儿都能感受到从脚底渗上来的寒冷。为了打工来乘车的绘里香在这酷寒的早上也只是穿着学校校服，围着围巾，没穿外套，裙子下光着腿。

“早上好！”

朝气蓬勃的招呼声听上去似乎也因寒冷带上了一丝颤音。

“只有围巾？外套呢？”

“不穿外套。要节约。可是，好冷啊！”

绘里香忽然蹲下来抱住了双腿。

这天是星期日。绘里香平时都是放学回家顺道去打工，可今天要从家里直接坐30分钟左右的电车赶去打工地点。平日里就不用说了，周六周日竟也安排了打工。也许是疲劳长期得不到纾解吧，刚坐上车她就立刻睡了过去。

到站后，也许是一下子睡醒了，她立马一溜烟地往打工地点跑去。我们被她这切换速度远远抛在身后。

绘里香开始打工是在高中一年级。为了不给母亲添麻烦，她还是初中生的时候就决定“上了高中就开始打工”。升入高中后，为了专心打工，她连初中3年间一直参加的社团活动都放弃了。

绘里香打工的地方是车站附近的某餐馆。从早上开始，店里坐满了来吃早饭的熟客，热闹非凡。绘里香面带微笑地跟脸熟的客人聊着天，接待得心应手，然后，麻利地点单，马上传达到厨房。跟教室里看到的样子相比，她看上去更像个大人，也更让人感到可靠。

我们问她要如何使用打工赚来的钱。除了跟朋友出去玩产生的社交费，交通费、餐费、服装费等生活费也全都靠她自己来筹措。不用说，母亲不给零花钱，全靠自己想办法，所以她满脑子想的都是节约。

这一天的午饭，是休息时间在打工的地方能打折吃到的午市套餐。选的菜品是意大利面和蜜瓜苏打水。

“碳酸饮料喝了可以撑肚子，很好的。”

绘里香笑着说给我们听。我们在心中默默为她加油，希望她长大工作后能够尽情吃喜欢的东西。

在打工的餐馆熬过了中午繁忙的午饭时段，下午2点，工作终于结束了。但是，绘里香走出餐馆的瞬间，又一溜烟儿地跑走了。零工不止一份。

她奔向的是大约2分钟就能跑到的便利店。原来，她同时做着餐馆和便利店两份零工。她的打工生活是休息日一天8小时，平时一天也有4小时，每月打工大概能赚8万日元。

绘里香拼命打工，不只是为了自己的生活费，还有另外一个重大的理由。有一天，她向我们敞开了心扉。

“我还没跟妈妈说……我想去上专科学校。”

无法跟母亲坦白，是担心会因为钱的事情让母亲担心。

“妈妈笃定我高中毕业后会工作。如果提出想去专科学校，妈妈可能会因为要花很多钱而不同意，也可能会给她增加经济上的负担。但是，我还不想放弃，现在自己能做的就是攒钱。”

绘里香知道母亲并没有足够的经济实力供自己继续上

学，也知道母亲希望她能够直接工作。正因为如此，她才一直没办法跟母亲表达自己想要上学的心声。

外界要求高中教育免费的理由之一，就是现实中存在着像绘里香这样因家庭经济困难，将来的选择项被迫减少的孩子。

私立大学的学费平均一年要86万多日元，国立大学的学费也达到了53万多日元（2015年调查）。再加上设施使用费，私立大学的支出超过100万日元并不鲜见。

而且，即便是专科学校，学费和实习费等各种费用总和也有超过100万日元的情况。升学伴随着巨大的经济负担。在本次的问卷调查中，回答“无法依靠父母，只能靠奖学金或打工筹措学费”的人占到了全体的55%。（资料5）

同时在餐馆和便利店打两份工的绘里香结束工作的时间，晚的时候在夜里10点以后。跟踪拍摄的最后，我们对终于踏上归途的绘里香提了个问题：为什么要这么努力工作？

“为了妈妈。”

她马上做出了回答。我们被她为母亲着想的心情所感动。然后，她接着说道：

“若是自己能够赚到自己的生活费，妈妈也会轻松点。”

**资料5** 如何筹措升学费用？

| | |
|---|---|
| 父母全额支付 | 45% |
| 用奖学金支付一部分 | 40% |
| 全部靠奖学金或打工 | 15% |

就算现在回去，也已经累得无法学习了吧。绘里香的休息日就这样在忙碌的打工中结束了。分别时，她笑着跟我们挥手道别。

“回家泡个澡就睡觉。我觉得我分分钟能倒下去。”

说完便转身离开了。

靠着像绘里香这样的孩子，有了家里高中生的打工收入，家庭收入的数字在整体上会有所提高。家庭收入因而高于“相对贫困”标准的情况也不在少数。例如，三口之家的相对贫困线为年收入211万日元，平均到每月大概是18万日元。家长的月收入若为15万日元便是相对贫困，可家里的高中生如果每月打工赚取5万日元，家庭月收入就是20万日元，超过了相对贫困线。孩子的打工收入使贫困更加不易被看见，不能归入“6个人中有1人”的相对贫困的范畴。所以可以说，实际情况无法体现在数字上，表面上也根本发现不了。

为了父母、为了家人而拼命打工，可他们的行为竟然使“贫困”变得不易被看见了，这是多么讽刺啊。

### 打工导致成绩下降

对高中生来说，在不勉强的范围内打打零工能够增长社会经验，开阔视野。而且，有“工作”的经验在思考自己将来的出路时也并不是坏事。

可问题是，如果打工给学生的主业“学习”带来严重影响呢？

岁末的邮政局忙于分发贺年卡的这段时间，对想要打工的学生来说是非常重要的赚钱机会。分发贺年卡的兼职时间固定，令人放心，所以平时不打工的高中三年级学生美铃同学（化名）也参加了。

“因为学校放假期间的兼职不会对学业造成影响。”

美铃之所以这么说是有原因的。她在高中一年级到二年级，曾因为打工导致成绩下滑。美铃也是在母子单亲家庭中长大的，还有个上小学的弟弟。本来是为了尽量减轻母亲的负担而开始打工的——

“打工后，很累，学习时间减少……成绩一下子就掉了下来。”

她面带尴尬地告诉我们。在这次的问卷调查中，“打工占用学习时间，对学业有影响”的回答也多得让人无法忽视。

“想要钱，也想学习。每天都要外出打工，根本就休息不好。”

“平日里去打工的话，会犯困，上课无法集中精力。”

而且，在打工的学生当中，回答“有甚至想要退学的烦恼”的人达到了31%。究其原因——

“学习跟不上了。”

“因为打工，很难保证上学时间。”

这样的回答有很多。

为何打工和学习难以兼顾？

我们对美铃做了更进一步的采访得知，影响学习并非本人意愿，而是由于不得不服从企业方面的安排，被迫从事长时间的劳动。所谓“黑心兼职”的现状正在蔓延是一个重要原因。

“其实，在考试期间也被安排了工作。因为这段时间是最需要好好学习的，所以我要求休息。可是对方并不理会……”

美铃因为雇佣方的原因无法休息，影响了学业。

“被随意安排工作时间。”

“到了事先定好的休息日却无法休息。”

参照问卷调查的结果，打工的学生中经历过上述纠纷的人占了29%。（资料6）

| | | |
|---|---|---|
| **资料6** | 在打工地点遇到的纠纷（可多选） | |
| | 被强迫长时间工作 | 6.8% |
| | 无法在事先说定的休息日休息 | 8.4% |
| | 被擅自安排工作时间 | 14.3% |
| | 经历过纠纷 | 29.7% |

“让高中生‘打工优先，学业靠后’的雇主，炒了他们不就行了。”

也有人这么说，可事情并没有这么简单。

经常被高中生们选为打工地点的餐馆、便利店等服务行业存在慢性人手不足的问题。因此，即便强调“要考试了，希望暂停一段时间”或“不能休息就辞职”，对方也可能会主张“如果要休息，我这边会很难办”“如果辞职，店就开不下去了”而不予理会。特别是那种态度认真、责任感强的学生，会觉得“没有自己，店里就转不动了”，因而没法休假或者辞职。

美铃就像认命了一样，如此说道：

“不打工就活不下去。可是，如果打工影响了学业，这样的高中生活又有什么意义呢？”

## 察觉不到高中生“生活窘困”的教师们

“只看外表，大家都有智能手机，妆也化得很精致。经济上到底困不困难，真是越来越难以察觉了啊。”

长年在公立高中与学生泡在一起的某位教师如此感慨道。

根据以教师为对象所做的问卷调查，可以发现，有大半的教师“没能察觉到”或“察觉不到”学生经济上的窘迫。

根据面向首都圈254名高中教师的问卷调查，有约76%的教师回答“很难察觉高中生的经济状况是否困难”。（资料7）

为何难以察觉？我们翻看了自由留言栏。

“廉价服饰、文具很多，从外表上很难区分。”

“学生总想隐瞒家里的事情，很难发现。”

这样的声音相当多。另外，也有人指出，跟义务教育阶段不同，进入高中后，很多学校不做家访，教师没有机会了解学生的家庭情况，这也是间接原因。

那么，教师们是在什么情况下得知高中生的家庭经济状况的呢？从问卷调查来看，回答“学生申请奖学金时”才

**资料7　对教师所做的问卷调查**

① 你觉得容易察觉到高中生的家庭状况不佳吗？

| | |
|---|---|
| 是 | 18.5% |
| 不是 | 76.4% |

② 在何种情况下发现高中生的家庭经济状况严峻？

| | |
|---|---|
| 学生申请奖学金时 | 67.7% |
| 与学生家长面谈时 | 50.0% |
| 看到学生平时的穿着时 | 35.4% |
| 看到学生中饭时 | 27.2% |
| 学生来寻求帮助时 | 23.6% |
| 发现学生经常迟到 | 16.5% |
| 看到学生在课堂上打瞌睡 | 16.1% |
| 学生退学时 | 15.7% |
| 其他 | 26.0% |

发现的最多，有约67%。另一方面，“看到学生平时的穿着时”才发现的有约35%，“发现学生经常迟到”才察觉到的有约16%，“看到学生在课堂上打瞌睡”才发现的也达到了约16%。

“学生经常迟到，想要敲打一下，才发现是在为了维持家计而打工。”

“以为经常缺席的学生是在逃课，接触后才发现是因为要照顾弟弟或妹妹，这时候才终于意识到。直到现在我还一直在深刻反省。”

在自由留言栏中，写满了因后知后觉而后悔不迭的教师的心声。迟到啦，课堂上打瞌睡啦，这些都很难让人联想到是出于经济原因。即便有疑问，觉得奇怪，跟学生本人确认的时候，对方也可能会掩饰撒谎。

实际上，有位教师就向经常迟到或请假、即将拿不到学分的学生询问过情况，而学生只是表示“从今以后会好好努力”。结果，教师没办法刨根问底，以至于最终没能阻止学生退学，懊恼不已。

高中教师在授课之余还得忙于社团活动或杂事，要他们关注学生的情况，耐心听取每个学生的声音，本就是非常困难的。

愿意接受采访的某位教师说，自己在课后会在教室里待一会儿，尽量保证跟学生们闲聊的时间。他希望通过随意的闲聊来了解学生们的日常状况，如果学生遇到困难，他想陪伴学生一同解决。可是，周围的同事中似乎有人对此持有不同意见，觉得“跟学生聊天，没有任何意义”。即便如此，坚持“必须加强跟学生的日常互动”的这名教师满脸疲惫地说道：

“学生如果不认为你是个可以信任的大人，你是不可能听到孩子们的真心话的。可是，在现今的高中，教师们过于忙碌，也许早已经背离了本来应该有的样子。”

## 如何进行“工作”教育？——从某所高中的探索说开去

我们决定对千叶县内的公立高中开设的公民课[①]的授课

① 高中教学科目。

情况进行采访拍摄。站在讲台上的教师缓缓地开口：

“即便影响学业，为了生活也不得不打工。对于高中生这样的声音，大家怎么看？”

这所高中对上课的学生进行了打工情况的实际调查，并在调查结果的基础上授课。听说开课初衷是为了让学生自己对同龄人的现状首先能有所意识。

面对老师的提问，学生们提出了各种各样的意见。

“不打工就没法活下去，所以这应该算弃卒保车吧？”

“不打工就活不下去，但是，荒废了学业就不能上理想的大学了。”

“说起来，不那么拼命打工就活不下去，不觉得很奇怪吗？”

“为什么要自己打工？”“打工是否会以牺牲高中生活为代价？”——课堂上的学生们逐渐开始意识到，这个无法简单下结论的问题真的很难回答。

课程让学生们深刻认识到工作的意义，同时也涉及了在实际打工过程中会遇到的问题，比如“被卷入了黑心兼职的话该怎么办”，希望能够借此引发学生自身的思考。通过这样的课程，跟同学们再次强调“如果在打工过程中遇到困难，希望能够主动寻求帮助”，可谓意义重大。

本来，学生们即使遇到困难，也很少会向教师或学校寻求帮助。因此，教师们如何才能接收到孩子们的SOS信号，将会是个课题。如今，有些高中也开始配备学校咨询师，探索教育同福祉的联动，可这样的学校仍是少数。

在各种各样的探索中，有所学校正在尝试通过医务室来接收学生的SOS信号。得知此事后，我们进行了采访。

在北海道的某所高中，保健教师们正在努力尝试，尽力扮演好学生的倾诉对象，以期能够了解学生所抱有的包括经济问题在内的各种烦恼，引导他们妥善解决。

“医务室正是能够接收到孩子们的SOS信号的场所。请你们先观察一下医务室里的学生们吧。”

在公立高中工作多年、经验丰富的保健教师立刻将我们带到了“现场”——医务室。这时，宣告休息时间开始的铃声敲响。紧接着，医务室里响起了敲门的声音。

“老师，让我给手机充个电。”

“医务室可不是充电的地方哦。”

教师念叨着，开始跟跑进来的高中女生闲聊。这位高中女生一直在医务室里待到休息时间结束才回教室。目送女生离开后，保健教师向我们说明了医务室的意义。

“她的容身之所就是这里（医务室）哦。”

这天来的高中女生出身单亲家庭。家长工作繁忙，家里也没有她的容身之地。这个女孩能够放心待着的地方就是这间医务室。学生们来到医务室之后，这位教师通过跟他们闲聊、一起度过短暂的时光来不断发现问题。

比如，有个学生来到医务室，说“身体懒懒的”。仔细询问过后，学生才和盘托出。

“其实一直打工到半夜，太累了。”

原来，家庭经济拮据，他需要打工赚钱。

当然，只是侧耳倾听，他所面临的家庭问题也不会得到解决。可是，遇到困难的高中生中有很多人都会对旁人隐瞒，渐渐变得更孤立。在这层意义上，“首先要摸清他们的烦恼”就显得尤为重要。而且，我们感觉到，正是因为有人倾听，这间医务室对学生们来说才成了一处可以安心卸下伪装的场所。

数年来一直在医务室里跟学生共同度过短暂时光的这位保健教师，有一名无论如何也无法忘怀的学生。那是一名自幼失去母亲的女学生。她每天都会到医务室来，不停发着大大小小的牢骚。

“自出生以来真是一件好事儿都没有。我觉得以后也不会有了，好想早点死掉啊。”

那名女学生在来医务室3个月后辍学了，可是她辍学后也一直跟保健教师保持着联系，一有事儿就会来医务室。

“我没钱了。”

“我怀孕了。”

“好想再回学校上学。”

一遇到困难，或是有烦心的事情，她都会来医务室。无论以何种形式，能有成年人陪伴在离开学校、心怀不安的年轻人身边，对她有着重大意义吧。可是，一位教师能做的事情毕竟有限。

如何才能救救这些孩子？为此，我们请教了长年以来研究儿童及年轻人贫困问题的放送大学副校长宫本美智子女士，她的思考给了我们启发。

“只是在教室里，很难看透学生们深藏在内心的故事。如果能够创造一个可以让学生不经意间透露出自己身陷困境的环境，并且有人能够敏锐地接收到信号，那就可以从中发现问题。”

宫本女士举出了一个具体的事例——“高中校内茶水吧”。NPO[①]的社会工作者会趁午餐时间在高中校舍中谁都能驻足的地方开设免费茶水吧。下午的课开始之前，任何人都可以来。这里摆满了瓶装茶或果汁以及曲奇、仙贝等小点心，可以边吃喝边聊天，一切免费。

在这个茶水吧里，曾经有学生拼命往嘴里塞放在桌上的点心，看上去根本不像是吃过午饭过来的。工作人员试着问他“是不是肚子饿”，才发现这个学生的生活状况其实正急转直下。

重新审视社会保障制度、国家或自治体设置公共咨询窗口等对策都是眼下迫切的课题。可是，一线的实际状况却显示，事实上可以充分运用现有的场所或时机如医务室或午餐时间等，来构建能够接收到高中生们的SOS信号的机制，以发现学生们“看不见的贫困”。

如果能够在身处困境的学生身边设置一个便利的处所，就能成为解决问题的契机。只要立足“做些实事”，发挥聪明才智，就能够发现“看不见的贫困”，给予孩子们必要的救助吧。

## 为了不再重复贫困的再生产

对高中生来说，还有一个必须要解决的重要问题，就是“升学”。宫本女士提出：“无论出身何种家庭，能够平等接受教育的教育保障至关重要。”在本次问卷调查中，当问

① Nonprofit organization 的缩写，即非营利组织。

及高中生未来打算的时候，选择“就职”而非“升学”的学生中，每5人就有1人回答“因为经济原因而放弃升学”。

在教育保障这一点上，国家政策也在一点点进步，例如，决定引入不需要偿还的发放型奖学金等制度。可是，碍于财源问题，发放对象极其有限，同“不受家庭收入左右，都能够考入理想大学”的目标还相去甚远。

其中，企业或地方自治体为了“支援优秀年轻人”，也开始完善助力大学入学的制度。在此，我们想介绍两个例子。

**鰤鱼奖学金是什么？**

约有1万人口的小镇，鹿儿岛县长岛町。此地自2016年开始实施“鰤鱼奖学金项目”。这个项目始于一种危机感：“镇上长大的孩子大多会到城市中去，不再返回故乡。”该项目便旨在吸引优秀的学子重回故乡。项目的制度规定，申请鰤鱼奖学金完成大学学业的学生如果回到家乡工作，将无需偿还作为大学学费借得的奖学金。

这个项目的特别之处在于其财政来源。原来，长岛町因鰤鱼养殖而闻名遐迩。每卖掉1条鰤鱼，就会有1日元的捐款被积攒起来，成为奖学金的财政来源。

这一项目也在其他自治体得到了推广。同样是鰤鱼产地的富山县冰见市决定与长岛町携手，共同推进和研究鰤鱼奖学金。

启动这个项目的，是年近30岁的年轻副町长井上贵至先生（当时）。他从东京大学毕业后，进入总务省工作，因地方创生人才支援制度而被分派至长岛町。井上先生在记者见面会上表示："鰤鱼是洄游性鱼类，也是出世鱼①。希望年轻人像鰤鱼一样在城市里学习本领，然后回到故乡扛起领头人的大旗。"

## 奖学金偿还支援项目

另外，大学在校期间就开始助力偿还奖学金的项目也已经启动。这个项目的魅力在于，不仅是奖学金，同时也有可能在支付入学金上提供帮助。

用于支付学费的奖学金在入学前是不会支给的。因此，"考上大学了，却没办法支付入学金"，结果不得不放弃升学的人不在少数。

于是，一种新的制度诞生了，不仅能在入学前提供必要的费用，在校期间也能够协助学生偿还奖学金。支援这一项目的，是人手严重不足的护理行业。整个业界构建起了全新的制度，希望学生能够以兼职的形式在护理业界工作，保证人才的储备。

首先，在入学前，通过该制度将"急需人手的护理机构"与"为升学费用等一筹莫展的学生"进行匹配，由护理机构向学生提供入学金等借款。学生顺利入学后，大学在校期间，需要在护理机构工作，利用收入偿还奖学金。

---

① 日语中将出生后叫法随成长改变的鱼称为"出世鱼"。"出世"亦有出人头地、可独当一面之意。

工作时间主要是人手尤为不足的清晨、深夜以及通宵陪护的时间段。其实，这个时间段的时薪比较高，对学生来说，也不会跟上课时间冲突，性价比很高。

设计出这个机制的是株式会社“护理你我他”的代表奥平干也先生。他突发奇想：“人手不足却时薪很高的兼职、为钱发愁却时间自由的学生，难道不能将两者配对吗？”

有关方面为我们引荐了一位利用这项机制在护理机构边打工边上大学的男同学。小隆（化名）高中三年级的时候，父亲病倒了，他家无法筹措到大学的入学金。当时他接受高中老师的建议，决定利用这一机制，从护理机构借了80万日元用于支付入学金等费用，顺利入学。在校期间，他向日本学生支援机构申请了240万日元的奖学金支付学费。

在夜间大学上学的小隆每周5天，早上6点到9点，工作3个小时。早上的时薪很高，月收入大约16万日元。而且，中午这段时间可以花在学习或兴趣爱好上。

根据该项目的设计，每月会从小隆的打工收入中扣除5万日元作为偿还奖学金的费用。小隆说，毕业的时候有望同时还清全部借款。

“如果没有这项制度，我可能根本就没办法上大学。而且，打工和学业能够兼顾，工作起来也非常得心应手。将来我想从事能够用到护理知识的工作。”

对优秀的人才求才若渴的企业，以“毕业后入职”为条件向学生提供奖学金的举措也正在加速发展。为让渴望升学的高中生掌握到这些信息，保证其能够入学，不断完善社会整体环境也是至关重要的。

# 第四章
# 追踪“儿童贫困”最前线

“明明还是孩子,却被逼成了大人。”

## 孩子们的“看不见的贫困”

高中生不出去工作就无法维持家计。直面这一现实的我们紧接着发现的“看不见的贫困”，是中小学生的“相对贫困”也不为人所见并不断扩散。同一时间，我们得知全国自治体正计划通过大规模调查，尝试让中小学生“看不见的贫困”“可视化”。对自治体来说，为了能够制定具体的支援政策，让贫困“看得见”很有必要。

每6个孩子中就有1人身处相对贫困状态（采访当时）。他们到底有什么难处？被剥夺了哪些权利？失去了哪些机会？全国的自治体开始着手进行调查，希望通过将大家至今只有模糊印象的贫困可视化，从而制定相应对策。

实施与推进儿童贫困应对对策相关的法律（《儿童贫困对策法》）后第三年，自治体终于开始着手查明“看不见的贫困”。我们来到了调查的第一线，同专家一起对相对贫困做进一步采访。

我们开始了行动，对身处“相对贫困”的中小学生的家庭进行跟踪采访，将调查结果以更直观的形式传达出来，力求令其“可视化”。

## 与一对母女的相遇

2016年冬，我们在西日本的一座小车站下了车。时间是晚上7点多，天色已经暗了下来。也许因为是海边，感觉风非常冷。站前一片冷清，除了矗立在交通岛不远处的寂寞的商务酒店之外，只能看到一间孤零零的便利店。这样的景象让人无端感到一丝不安。

从车站步行15分钟，就到了约定见面的咖啡馆。我们跟一对母女约好在此见面。约定的时间过去后没多久，有两名女性走了进来。

“晚上好。让您久等了。”

高三学生小舞（化名）和母亲阳子女士（化名），是有着甜美笑容的一对母女。阳子女士边为刚才的迟到道歉边落座。

“因为工作迟到了，真是抱歉。”

阳子女士看上去很年轻，根本想不到她会有个上高中的女儿。二人都身材纤细，体态优美，从远处看就像是一对姐妹。阳子女士在小舞年幼时离了婚，一边工作一边独自抚养长女小舞、初中三年级的长子和小学五年级的次女等3个孩子。她的工作是口腔医院的前台小时工。时薪870日元，每周工作5天，每月税后工资约14万日元。加上儿童抚养补贴，每月收入约20万日元。扣除房租和光热费[①]等开销，几乎没有盈余，生活极为艰难。

“我家是真的没钱。”

阳子女士这样说着，脸上依然挂着明媚的笑容，让人丝毫感觉不到她正为了钱而辛劳。这是一位与“贫困”这个包含负面因素的词汇所带来的印象完全相反的、真正开朗的女性，丝毫没有给人“贫困就是痛苦”的那种阴沉消极的感觉。她对我们毫不隐瞒生活艰辛的状况，反而让我们感受到了她那驱散一切的开朗和坚强。

可是，即便是这样的阳子女士，作为母亲，也有无比痛苦的时刻。那就是让孩子们“忍耐”的瞬间。

“因为没有钱，让孩子们过得非常辛苦。”

经济拮据的家庭中，孩子们会被迫学会忍耐，不得不肩挑起生活的重担。这就是外界很难发现的“儿童贫困”的真实面目。

## 不让他人看见贫困

通过对阳子女士一家进行跟踪采访，我们发现，一旦走进他们家，外界看不见的贫困就会“变得清晰起来”。另外，外界“看不见”的一个原因在于，本人“不让他人看见贫困”。

也许是因为母亲阳子女士总是性格开朗，笑容满面，

---

① 因做饭、照明、冷暖气等产生的电、煤气等费用。

阳子女士一家的孩子们也是开朗活泼，丝毫没有强颜欢笑的迹象。即使经济拮据，每天也能够笑对生活的原因是什么呢？

2017年1月中旬，编导、摄像师、音响师来到阳子女士的家拍摄外景。

按响门铃后，“请进”，休息在家的阳子女士迎接了我们。时值傍晚，3个孩子也已经放学回来了。

从玄关进去，首先是约6张榻榻米大小[①]的孩子们的房间，尽头是母亲的房间，往左边看去是厨房和餐厅，再往里是客厅。房租大约6万日元，房型是三室两厅。房间收拾得非常干净整洁。

环顾房间，我们真是大吃一惊。厨房里摆着大冰箱、微波炉、电饭煲、暖风机、餐桌等，客厅里也都是大电视、DVD机、钢琴、空调、立体声组合音响等气派的家具和家电。

单是看他们的生活状态，根本不会联想到“贫困”，就跟随处可见的一般家庭一样。

“真的能看得到贫困吗？”

心中拂过了不安，但我们马上重整思绪，正是因为原本就不容易发现，问题才严峻。随后，开始了跟踪拍摄。

阳子女士在厨房里准备晚餐。菜单是奶油炖菜。从冰箱里拿出来的鸡肉上贴着“特惠品”的标签。她说一口气

① 约9.72平方米。

购买大量特惠品是节约妙招，她会用大锅将全家四口人3天的食物一次性做好。餐费控制在1天1 000日元以下。

“在锅里一次性做好奶油炖菜或咖喱，吃3天。孩子们也已经习惯了同样的菜连吃3天的模式。”

这天夜里，家庭全体成员围坐在餐桌旁。

“开动啦！”

晚餐是奶油炖菜和水煮西兰花两道菜。正在长身体的孩子们看上去稍微有些意犹未尽，可围坐在餐桌旁的一家人脸上的笑容却从来没有消失过。

## 被他人的馈赠所包围的生活

晚饭过后，我们试探着跟阳子女士表达了对家具家电齐备的惊讶。

“几乎全部都是别人给的，或是从之前的家里带来的。”

尽量不添置新的家具和家电，都是从别人那儿得来的。阳子女士环顾了房间，为我们逐个介绍。

“这个、那个都是别人给的。”

被炉、钢琴、DVD机都是别人给的。

“哦？是别人给的啊？我还以为是买的呢。”

孩子们似乎也不知情，听了母亲的话都很惊讶。

“不知道吧？几乎没有花钱置办的东西哦。”

一说起自己的勤俭节约就停不下来的阳子女士稍稍露出了一丝骄傲。为了节省安装费，空调是拜托熟人帮忙安装的。不过，因为费电，几乎没有用过。

家里本来用的是显像管电视，可是地面电视信号数字化后看不了了，所以才攒了将近2个月的钱，在网上买了一台便宜的大电视。

“那时候整整2个月都没有电视看呢。”

还是中学生的长子感触良多地回忆道。像是在怀念那2个月“没有电视的生活”似的，他的脸上浮现出了笑容。

“是的，是的，难得看部电视剧，最后一集还错过了。”

不知是谁冒出了一句，一家人放声大笑。全家人一起战胜身陷贫困才可能体会到的艰难，等一切都过去后就把这当成个笑话。阳子女士一家都非常坚强。

客厅里的电视游戏机是很久之前的旧型号，并非如今流行的。孩子们用来听音乐的，是最近几乎看不到的MD组合音响。因为只有母亲阳子女士学生时代听的MD碟片，还在读初中的长子提到自己经常会听90年代的流行歌曲，这不禁让人会心一笑。

“也不全是别人给的哦。”

阳子女士指向据说是最近新买的小小的暖风机。我们才意识到，在这个家里，暖风机只有放在厨房的那一台。怪不得凉飕飕的，不穿外套会冷。只靠这台小小的暖风机来给厨房餐厅和客厅供暖，室温怎么也升不上去。

晚饭过后，孩子们都窝在靠暖风机供暖的客厅里，不想回到自己寒冷的房间。一起抱团取暖的时间那么惬意，甚至让我们在一瞬间忘记了正在进行“看不见的贫困”的采访。一家人为了尽可能节约电费，在尚有余温的客厅里铺好床褥，靠在一起进入了梦乡。

## 无法从如今的生活中脱身

阳子女士一家的月收入在20万日元左右，支出也接近20万日元。房租约6万日元、光热费约2.5万日元、餐费约3万日元、通信费约2万日元、国民健康保险约1.5万日元。

另外，还有学校的定期收费、长子社团活动的远征费[①]、函授教育的费用、长女大学模拟考试的考试费等各种支出，根本没有储蓄的富余。

而且，随着孩子们长大，自治体的援助也在减少。小学和中学时能够接受入学援助，不需要在午餐费或学习用品上花钱。可是，今年长子初中毕业后，儿童补贴额度会减少。另外，长女高中毕业后，儿童抚养补贴的金额也会减少。长女要考大学，长子要升高中，眼看着支出不断增加。

阳子女士用一个单独的账户管理着儿童补贴和儿童抚养补贴，艰难地攒钱用作孩子们将来的教育资金。仅从收入来看，阳子一家已经低于生活保护标准了，可是为了孩子，阳子女士做出了一项决定。

“只要自己还能工作，就要让孩子们看到我努力工作的样子。”

想靠努力工作获取的收入生活，希望让孩子看到能为

① 因参加比赛等外出的费用。

之自豪的自己，因此她丝毫没有申请生活保护的打算。这样的人不在少数。他们不会主动求助于援助制度。

阳子女士也考虑过放弃小时工的工作，成为工资高的正式员工，或者兼职两份以上的小时工工作以增加收入。

可是，没有哪家公司会雇用一个忙于抚养孩子的40多岁的单身母亲做正式员工。如果同时打两份工则没有时间为孩子们做饭，一家人一起度过的时间也可能会进一步减少。

而且，因为工作时一直站着，伤了膝盖，如果再勉强行事，膝盖的情况恶化，也可能会没法继续工作。

对于想增加收入却无法实现的阳子女士来说，哪怕是将一家人的生活水准提高一点点也并非易事。可是，即便身处绝对谈不上宽裕的生活中，他们还是努力节约，想尽办法，乐观向上地度过每一天。

孩子们也都是高高兴兴地去上学，有很多朋友，完全没有不上学、成绩下降等因为经济原因而遭受打击的样子。我们反而感受到，家人之间的纽带成了他们渡过难关的助力。尽管有喜欢而不得的东西，但孩子们不想被看出来，他们努力掩饰的样子在跟踪采访过程中渐渐清晰了起来。

**喜欢而不得的东西是什么?**

初中三年级的长子小彰（化名）是个眉清目秀的小帅哥，谈吐清楚干脆，已是很稳重的少年。他还是运动健将，学习成绩也不错，听说在学校里深受女生的欢迎。这样的小彰将我们带到了儿童房。

“这是我们学习的房间。比如考试之前，我们会在这里学习。”

6张榻榻米大小的房间里，放着姐弟妹三人的学习桌和大大的橱柜。除了没有取暖设备，这就是间非常普通的儿童房。家里的取暖设备只有一台安放在厨房餐厅里的小小的暖风机，不能拿过来。在冬天寒冷的日子里，面临中考的小彰和准备高考的姐姐会一起在厨房的餐桌上学习。

小彰给我们看了他的学习桌，在摆满了学校的教科书和参考书的书架上，有一本他多年来一直珍藏的书。

“我很喜欢动物。翻来覆去看过好多遍，都已经破破烂烂的了……”

他边说边拿出来的，是一本很有年代感的动物图鉴。

纸张褪色，书本破旧，感觉马上就会散落得不成样子。翻开书，用胶带修补的破损随处可见。小彰想买图鉴但开不了口，叔叔便将自己40年前看过的图鉴给了他。从那之后，小彰不知道反复读了多少遍，一直小心翼翼地珍藏着。

即便买不起新书，即便是旧书，这也是一本让小彰学习到各种知识的重要的书。

每月并没有固定零花钱的小彰即便想要图鉴和参考书也买不起，更是不好意思开口要求买新书。因此，他非常感激叔叔的关心，这也成了一本令他难忘的书。

放在桌边的书柜里摆放着好多本漫画书。“还买了漫画书吗？”我们将心中的疑惑说了出来。原来他一直在积攒免费的积点，兑换了购书券才终于买到了漫画书。

“用积点换了购书券，然后自己买的。用了价值4 500日元的券，买了差不多9本吧。”

小彰小心翼翼地拿出了漫画书给我们看。大概是知道即使买不起，凑满积点也能换得，所以才努力攒积点的吧。孩子们自己也有争取心中所好的智慧。并不因为“没有钱买不起”就放弃喜欢的东西，而是勇于打破现状，我们感受到了小彰的坚强。

**成为人与人之间牵绊的馈赠**

因为经济原因，小彰也没办法购买换洗用的中学校服。他给我们看了平时穿的学校的衬衫。共有2件，其中一件是姐姐的旧衣服。

“这是姐姐初中时穿的衣服。表面上根本看不出来，可因为是女生的衣服，纽扣的方向是不同的。不过，大家完全没有注意到。”

小彰尽可能不让朋友们发现这是姐姐穿过的女式衬衫。不过，根本没有必要特意隐瞒，谁也没有留意。

刚好这一天，一家人凑在一起讨论考上高中后校服该怎么办。

要配齐新的校服和衬衫，开支太庞大了。初中的一身校服是所谓的“学生制服”，小彰报考的当地公立高中用的也是“学生制服”。只要将带有高中校徽的纽扣换上就可以接着穿。

小彰也不想要新校服，反倒因为只须换颗纽扣就可以解决而一脸放心。

“本来也没什么破损的地方，尺寸也并不小，没问题的。”

让我们吃惊的，是要学校里穿的运动鞋。

“真不知道是昨天还是今天，鞋子破了。想踢足球来着，一下子就破了……”

他把鞋子拿给我们看，脚尖处破了一个大洞。

“我对运动鞋并没有特别的要求。便宜的完全没有问题。所以我觉得应该会给我买新的。”

小彰只有这一双运动鞋。在买到新鞋之前只能继续穿这双，可他毫不介意。他告诉我们，这让他想起自己曾经拿透明胶带将第一次买的笔记本修修补补用了好久的趣事。

正因为无法轻而易举得到，才怀揣了一颗珍视万物的心——小彰对每一件物品都珍之重之，即使身处得不到新物品的环境中也毫不沮丧地生活着。

小彰在节假日以及在家里穿的便服，除了内衣外也基本是别人用下来的，不是姐姐同年级的男同学给的，就是祖父母家里拿来的衣服。

也许正因为这样吧，他对妈妈给自己买的东西才会那么记忆深刻。

“这件是妈妈给我买的。”

他拿给我们看的是一件毛衣。

“这双帆布鞋也是妈妈在直销店特意给我买的生日礼物。”

外出时穿的休息日专用帆布鞋都能让他引以为傲，他看上去很开心。

妈妈不能给自己买校服，他说“没问题”，却强调鞋子和毛衣是妈妈“特意买的”，他一脸平静地维护母亲的样子让我们感觉到，这孩子真是太坚强了，同时心中又有点莫名的痛。

我们在学习的房间跟小彰聊完，回到一家人围坐在一起的房间。这时，长女小舞忽然单手拿着手机，大声嚷了起来：

“说是要把运动服给我！！”

说着跑到了母亲身边，给她看手机界面。

“太棒了！”

阳子女士看后举起拳头做了一个胜利的姿势。在小舞跟同年级朋友的LINE[①]聊天界面上，显示着这样的对话：

“我说，学校的运动服，你毕业后会给别人吗？如果没人要，能不能给我弟？”

“当然可以，给你吧。”

“太好了！谢谢你！！”

弟弟小彰报考的学校是姐姐小舞就读的本地高中。高中三年级的小舞在为弟弟合格入学的时刻做准备，拜托同年级的男生出让运动服。那所高中的运动服每个年级的颜色不同，可是小舞和小彰刚好年龄相差3岁，轮到同样的颜色。

---

① 一款在日本应用广泛的即时通信软件。

“衬衫能不能也问问？”

母亲阳子女士一副活宝的样子做着拜托的手势。小舞接到信号，再次给同学发了消息，过了一会之后：

“说是可以。”

“太棒了！”

小彰在旁边看着姐姐和母亲高兴的样子，一副“你俩有点兴奋过头了”的表情。毕业之后就派不上用场的衬衫竟然让她们这么高兴，开朗到极点的母亲和姐姐那乐天的个性反而让我们获得了能量。

没钱买新校服和鞋子的不只是小彰。姐姐小舞也是如此。

休闲外套是母亲给买的，衬衫是同学的姐姐不要的旧衣服，连续穿了3年。

“衬衫只有一件。不论冬夏每天都要洗，稍微有点不方便，所以真的挺想再有一件的。如果实在没办法，就穿初中时的衬衫。反正穿上休闲外套之后也看不出来。”

运动服也是同一个人给的。

“女孩子穿过的都很干净，所以连着穿了3年。弟弟也小我3岁，不过我觉得尺寸大概会有点小，他穿不进去。但以防万一，昨天我也给他了。”

别人3年间穿旧了的运动服，小舞接着穿了3年。穿了6年的运动服又传到了小彰手上。

而且，夏天穿的半袖体操服也是同一个人给的旧衣服。我们看了下，原主人的名字还绣在上面。

“完全没问题。在我们这一片，其他孩子也有很多会穿别人的旧衣服。”

弟弟小彰下面还有上小学五年级的妹妹由真（化名），正等着穿他退下来的旧衣服。这就像是一件理所当然的事，接受旧衣服，绝不会撒娇要求买新衣服。一直看着姐姐和哥哥的做法，也许“忍耐”已经不是一种苦了吧。

小舞也几乎没有买过便服。冬天穿的便服只有3件，编织毛衣跟母亲合穿一件。裙子是修学旅行的时候买的心爱之物，一直很珍惜地穿着。出门时背的帆布双肩包也是朋友在中学时用过的。

小舞平时并不觉得缺衣服，但是在跟朋友聊天时也发现了一些不同。

“跟朋友聊到想买衣服的时候，提到‘我只有两三件呢’，朋友说‘这会不会太少’，我才意识到‘原来真的有点少啊’。确实还是想要新衣服的。想打扮得漂漂亮亮。”

即便如此，小舞也还是在为母亲着想，跟我们继续说道：

“必需的东西，妈妈肯定会买。生日或者圣诞节的时候会问我们有没有想要的东西，那时候会买给我们。”

小彰一点都不任性，忍着不要喜欢的东西，可能也是因为一直近距离看着这样的姐姐吧。

## 如果不想看见，就“看不见”

儿童贫困最大的一个特征，或许就是如果人们不想看见，就“看不见”吧。有孩子的家庭面临经济困难的背后，多数是复杂情况的纵横交错，而非单一原因造成的。

父母离异、借款、低收入的工作、精神疾患、家暴、虐待、儿童放养、周遭的孤立——每一个都是大问题，而几乎所有困难家庭都面临着多个问题。

当事人的父母维持自身的生活已经用尽全力，失去了向他人求助的从容。或者出于“不想让他人看到自己狼狈的样子”这样的理由，不愿求助或逃避求助。结果，一家人在旁人无所觉察的情况下逐渐走向孤立。

另一方面，家里的孩子在家庭这一封闭的空间中不知不觉被逼得走投无路。如要打个比方，就是“在河边岩石的隐蔽处溺水的状态”。

如果在人们目光所及之处溺水，肯定会有人施以援手。可是，如果是在从河岸上看不到的岩石的隐蔽处溺水，谁也不会有所觉察。如果希望能够在必要的时候帮助这样的孩子，就必须得有人时刻挂心这些孩子是不是在什么地方溺水了，在平日里不断巡逻，一旦发现就马上跳入河中将孩子救出，抱到岸边去。除此之外，还要帮其换掉湿透的衣服，温暖他的身体，给他食物等，具体的救治手段是必需的。

真正艰难的孩子是无法主动自报家门的。因为他们靠自己的力量没法爬上岸，只能溺死在岩石的隐蔽处。我们也见过一些机构开设了面向儿童的咨询窗口，让他们有困难的时候前来求助，可这就像是在河岸上搭了个窝棚，对着溺水的孩子说如果有困难就到这边来一样。

另外，事实上，即便发现了这样的孩子，附近的人或学校的教师也很难伸出援手。因为，经济问题或家庭情况属于隐私，很难涉足。

最近，通过行政机关和民间的NPO团体获得援助的孩子很多，但是据现场参与援助的工作人员介绍，能够给予援手的孩子只是“冰山一角”，还有数量庞大的孩子并未被“发现”，还在痛苦地挣扎。

大家如果不主动去看，儿童贫困是很难被察觉的。如何“发现”这些孩子，为他们提供援助，将会是个重大课题。

## 儿童贫困所带来的心理影响

儿童贫困的另外一个特征，就是对儿童的心理和精神层面造成影响。经济拮据的家庭里长大的孩子大多会在各种场景下被动忍耐。

“我们家没有钱，你忍忍。”

一次一次、持续不断地被如此告知，孩子会变得对周围情况极其敏感，进而放弃各种各样的东西。出现当事人限制自身可能性的案例也是源于这类孩子的“客气”。更有甚者，生活太过艰难，有些父母会忍不住说出不应该对孩子说的话——

“当初不把你生下来该有多好。”

“如果没有你，我明明可以过得更好。”

每天都听着这些否定自身存在的话语，孩子们会丧失自我认同感，最终甚至会失去自尊心——

“我是没有生存价值的人。”

“反正也没有钱，努力也是徒劳的。”

贫困折磨着父母，痛苦的父母说出的话让孩子们心里刻上了一直延续至未来的深深的伤痕。现实中存在着这样的案例。

一旦失去了自我认同感，就会恐惧失败，迎接挑战的热情会被削减。也就是说，会变得不会“努力”。其结果就是没有了梦想。美国对贫困家庭的孩子如何成长做过追踪调查，也证实了的确存在很多即便长大成人也没有自信，甚至对就职和结婚都产生了严重影响的案例。

就这样，家庭经济的严峻状况对孩子的人生造成重大影响。本来应该拥有的受教育的机会被剥夺，一家人也无法制造旅行或外出聚餐的回忆……孩子应该顺其自然经历的一桩桩一件件都被搁置在那里，没有机会去体验。

这种“机会和经验的欠缺”不断叠加，导致孩子无法培养沟通交流和自我发展等在现代社会中生存的必备能力，可能会对其整个人生产生影响。因此，我们必须要加速出台解决儿童贫困的对策。

**社会损失40兆日元产生的冲击**

尽快拿出应对儿童贫困的对策也关系到对未来的投资。有人曾经估算过，身处贫困状态的孩子失去教育机会将会导致非正式劳动增加，收入减少，日本整体的经济规模会不断缩小。

日本财团的儿童贫困对策组在2015年12月发表的《儿

童贫困的社会损失推测》这一报告中，用数字揭示了将儿童贫困置之不顾对经济造成的影响，这在日本尚属首次。

分析的结果表明，对儿童贫困置之不顾，将来的社会损失将会超过40兆日元。在少子老龄化的进程中，孩子们的潜力一旦因贫困被封杀，将会导致日本社会整体衰退，为此付出代价的将是肩负日本未来的孩子们。

为了不给下一代埋下隐患，需要尽快采取措施。而且，要拿出对策就需要将孩子的“看不见的贫困”变得看得见，掌握具体情况。

但是，在日本，儿童贫困对策还处在根本谈不上有具体方案的阶段。

自2008年开始，专家和媒体开始谈及儿童的贫困问题。后来，随着市民活动的扩大和志愿团体的努力，通过议员立法，《儿童贫困对策法》得以颁布。

《儿童贫困对策法》自2014年1月开始实施，基于此，同年8月，《关于儿童贫困对策的大纲》也在内阁会议上通过。可是，大纲并没有确定降低儿童贫困率的具体目标数值，只是将制定地方自治体的措施设为了努力目标。备受期待的具体措施也以财源为由按下不提。

在算不上充裕的国家预算的框架下，政府也在积极推进利用民间资本的对策。

2015年4月，政府新设了活用民间资本的基金，旨在全力消除儿童贫困，宣布官民携手，采取具体措施，共同开展“儿童未来支援国民运动”。

同年10月，“儿童未来支援项目”的官方门户网站开始运营，大力呼吁各界向基金捐款。

收到的捐款将被用于资助对儿童的学习和生活进行援助的NPO团体。得益于资助来源拓宽，在饮食方面支援地区儿童的“儿童食堂”、免费进行学习援助的“学习支援课堂”等民间机构在各地迅速增加。

就这样，支援孩子们的力量开始一点点增加。然而，国家和自治体对于具体应该从哪个地方、从哪个方面开始制定解决贫困问题的对策尚无头绪，这是眼下的实际情况。

## “是不努力的当事人的错”——自我责任论

针对儿童贫困，有人主张“国家和自治体的援助很有必要”，然而所谓“贫困都是不努力的当事人的责任”的自我责任论依旧根深蒂固。可是，真的可以一口断定是自我责任吗？

互联网上充斥着这样的留言：“儿童之所以会贫困，都是因为儿童及其父母都不努力。”

“家计艰难，是因为家长没本事，只能从事工资低的工作。”

“沦为母子单亲家庭，是因为忍耐力不强，离了婚。”

没有必要用税金来援助这种不够努力的家庭——这就是网上的“自我责任论”。的确，不可否认，有些家庭陷入贫困，当事人也有责任。可是，一有风吹草动，这样的自我责任论就被拿出来翻来覆去地说，因此被逼得走投无路的人也大有人在。想到这里，身在媒体报道机构的我们很不服气，十分焦虑。

为了让社会正确了解儿童贫困，我们决定采用至今未曾用过的方式来将信息传递给大家。

即便是为了让孩子们意识到“自己处于相对贫困”，也必须要通俗易懂地告诉他们到底什么是“相对贫困”。我们有必要重新审视“7个孩子中有1人贫困”的数字背后的真实情况。

正如前文提到的，儿童贫困率是以家庭收入为基础计算出来的。可是，仅靠数值很难划出“贫困线”。事实上，即便是从收入的角度来看，被划入“相对贫困”的每7个中的那1个孩子，也并非都有身陷贫困的自我意识。相反，自打出生起就生活在那样的环境中，有些孩子即便生活艰难也不觉得那就是“贫困”。在那种情况下，若能平安无事地长大，过上遵从本心的生活是最好不过的了。

然而，贫困家庭中的大多数孩子都是危机常伴左右，生活环境会因偶然事件急剧恶化，从在崩溃的边缘苦苦支撑的状态一下子跌落深渊。这种危机若成为现实，跌落后的救助难度极大。

用之前的比喻来说，“在河中溺水”的孩子需要救助，这是一目了然的事实。但是，需要救助的应该不只是溺水的孩子。走在河边的孩子也可能遭遇强风，意外落水。仅在溺水后进行紧急处理是不够的，如果在溺水前就告诉他们“很危险哦”，或者事先配备救生圈，应该就可以杜绝溺水的危险了。

为了能事先采取措施，我们绝不可以漏掉任何一个

"将溺水"的信号。作为预防措施中的一步，挖掘"相对贫困"状态的家庭中的孩子究竟为什么而烦恼，让贫困可视化被提上了日程。

## 智能手机是生活必需品

在我们报道"相对贫困"的实际状况时，智能手机在网络上肯定会成为质疑的焦点。贫困家庭的孩子如果拥有智能手机，就会冒出各种批评的声音——

"智能手机太奢侈了吧。"

"既然有智能手机，那就不是贫困。"

然而，使用智能手机谈得上是"奢侈"吗？

阳子女士一家中，高中生小舞和母亲阳子女士拥有智能手机。小舞用的是iPhone 5S，是在3年前，也就是中学三年级的时候买的。

经济拮据的阳子女士原本没有打算给小舞买智能手机。她对小舞提出了条件："如果在定期考试中拿到年级第一就给你买。"小舞那时从未考过年级第一，所以阳子女士觉得几乎没有买智能手机的可能性。

可是，小舞在三年级第二学期的期末考试中成功地考取了第一名。于是阳子女士履行约定，给女儿买了手机。小舞虽然得到了梦寐以求的智能手机，但在讲述这段插曲的时候，她并不怎么开心，反而满脸歉意。

"妈妈好像在经济上很不宽裕。果然，考虑到每个月的费用，妈妈和我要缴双份话费，她曾经说过很吃力。"

可是，用起来之后，智能手机很快成了不可或缺的存在。

作为跟从早到晚努力工作的母亲阳子女士的联络工具，这部手机充分发挥了生活必需品的作用。弟弟妹妹都没有智能手机或普通手机，小舞承担起了跟母亲保持联络的责任。

而且，对如今的初中生和高中生来说，智能手机逐渐成了必需品。维系朋友之间的关系，进行信息交换等，LINE和SNS必不可少。没有智能手机，可能会被排除在朋友圈外，或是跟不上话题，这会深深影响到孩子们的人际关系。

初中生小彰在家的时候，会借母亲的智能手机跟朋友在LINE上聊天。只能在母亲在家的时候使用手机，非常不方便。

"确实还是很想要啊。周围的朋友都是上初中的时候，家长就给买了智能手机。"

想要紧急联系母亲或姐姐的时候也很不方便。在电视上看到东日本大地震和熊本地震的情况，他深感不安：遇到灾难的时候自己能跟家人顺利取得联络吗？小彰说，等上了高中打算去打工，靠自己的力量赚钱买智能手机。

智能手机在升学或求职活动中也渐渐变得必不可少。毕竟现在已经是个连提交大学申请书都要通过互联网的时代了。

通过智能手机来获取各种信息的年轻人为数众多。而且，智能手机还可以用作电子词典。纸质版或电子版的英日词典、日英词典、国语辞典等常用词典，身为高中生的小舞都没有。

“学习的时候要怎么查？”

“英语单词用智能手机查。学校上课有时候须要用到电子词典，那时候会跟邻桌的同学借来用用。”

对年轻人来说，智能手机在生活的方方面面都不可或缺，既然如此，还能够断言“只要有智能手机就很奢侈，谈不上贫困”吗？

## 社会经验的欠缺

另外，通过跟小舞和小彰的交谈，我们逐渐发现，在经济状况严峻的家庭中，孩子们不仅在客观上得不到“物质”，而且也不能充分地积累“社会经验”。

其中一个就是“家庭旅行”。就算以阳子女士的收入可以去周边地区，也没有远游的闲情逸致，一家人至今都未曾有过留宿在外的家庭旅行，当日往返的旅行也是屈指可数。

不过，可以看得出来，就算只有这些屈指可数的经历，阳子女士一家也非常珍惜。走进玄关便映入眼帘的位置，挂着数年前一家人去游乐园时拍的纪念照。就算家庭旅行的回忆很少，也要将“随时可以重温回忆”的照片挂在那里。这让我们再一次感受到阳子女士一家身处相对贫困状态之中依旧坚韧，家人间相互扶持，共渡难关。

此外，小彰提到，无法自由选择“社团活动”也导致了经验的欠缺。小彰在上高中后将无法继续参加一直喜欢的篮球部，因为他得知费用负担非常重。

擅长体育运动的小彰在小学的时候隶属当地的少年棒球队，获得了地区大赛的第二名。中学时在篮球队大放异彩，身为队长的他带领队伍到处征战。

“社团活动是非常开心的，认识了很多好朋友和前辈。”

在中学时代，学校里有篮球，除了鞋子之外没有必要购买其他装备，参加篮球队几乎没有什么开销。球服是学校里现成的，俱乐部运动服也可以跟已经毕业的前辈讨来穿。必须要另外准备的篮球鞋，是祖父送的生日礼物。

可是，到了高中，要加入篮球部的话，除了每月必须缴纳会费，还经常会收取球服费、远征费等高额费用。

“如果可能，我还是想加入篮球部的，可是外出比赛非常频繁，会费也很贵，大概还是很难吧。姐姐也要上大学，开销会很大。所以，我就决定还是不参加社团活动了。可说实话，真的蛮想参加的。”

小彰突然无力地垂下了肩膀。虽心有不甘，就像是要切断留恋一般，他还是干脆地道出了决心。

“嗯，看看这个家，也是没办法的事。妈妈无论多么努力，收入大概也就那么多。可是，妈妈不是不好好工作，而是在为我们努力，所以我自己也是能忍耐的就尽量忍耐了。就是这种感觉。”

## 被逼成了大人的孩子们

儿子无法继续参加最喜欢的篮球活动——说到这里，母亲阳子女士脸上浮现出了苦涩的神情，道出了自己的心里话。

“果然，在钱这一方面，还是让他们操心了。明明还是孩子，却被逼成了大人。每当这时候，我就会感受到自己力有不逮。我真的很想跟他们说：‘不管是学习还是社团活动，你们可以自由地选择喜欢做的事情，加油！’我父母就是这么跟我说的，高中时代的社团活动不是非常珍贵的吗？就算是从结交朋友、扩展人际关系来看也是很有益处的。可是，家里老大要上大学，手头真的是有点紧张。无法让他自由选择社团活动，我真觉得很对不起他。”

“明明还是孩子，却被逼成了大人。”这句话深深地刺中了我们的心。

小彰很温柔，为家人着想，所以才默默地忍受了各种事情吧。也正是这样的小彰才会跟我们坦白，自己对他人隐瞒了自家的经济状况。

“嗯，低人一等这个说法有点奇怪，但是不能像朋友们那样立刻就能买到想要的东西，这种事确实还是一点也不想说出口啊。从来没有跟周围的人商量过或说过这些事情。不是很情愿。”

说这话的时候，小彰脸上的笑容消失了。

小彰可曾挂着无忧无虑的笑容撒娇任性过吗？或许，

从他记事以来，过的就是忍耐再忍耐的日子吧。但正因如此，他才变得坚强，具备了努力到最后一秒的能力吧。

我们第一次看到了小彰那笑容不再的表情，在这一刻，我们衷心地想为他的未来呐喊声援。

**教育机会的欠缺**

儿童的相对贫困不仅夺去了“物质”，也夺去了获取“社会经验”的机会，更严重的是剥夺了孩子们“受教育的机会”。

“教育机会”具体指的是什么呢？一个是不能去上补习班和兴趣特长班。小彰因为补习班的费用过高，通过函授教育学习。

“在学校，除了我之外，几乎所有同学都在上补习班吧。我也跟妈妈说过想去上，可是姐姐要念大学，还有其他许多事，各方面都很吃力，所以很难满足我的愿望。我只能靠自己努力了。”

爱学习的小彰也打算高中毕业后继续读大学。可是，他现在已经开始觉得上大学有些困难了。

“如果可能，我也想去上大学。可是，考虑到家里的情况，会非常艰难。所以，如果不行，我就打算放弃了。”

今年才初中毕业的小彰已经因为家庭的经济原因想要放弃前途了。哪怕想到未来的梦想和想做的事情，满脑子都是家里没钱的事实，他也没办法勾勒出具体的画面。

“梦想、目标，这些还完全看不到。究竟要怎么走下去，如今我还完全没法做出决定。”

上了高中之后，他打算去打工，即使微不足道，至少也能为家计贡献一份力量。

“我希望能尽快让妈妈变得轻松一点。妈妈的工作看起来非常辛苦，我想尽可能支持她。因此，我现在能做的就是好好学习。我想至少先把自己力所能及的事情做好。”

## 希望能支持“高中生穷忙族”——某补习学校的尝试

另一方面，准备大学入学考试的姐姐小舞在附近的补习学校上课。小舞之所以能去补习学校，是因为学校的经营者在运营方式上动了不少脑筋，强烈希望孩子们“即使家计艰难，也要来补习学校”。

小舞并未向补习学校支付每月的学费。相应的，每周2次，她会作为兼职教师在该补习学校开设的面向中小学生的补习班上教孩子们学习。小舞的工作是教授小学算术和中学数学。本来想着替代学费才开始做兼职教师的，可当真做了之后，她才发现这个工作很开心，也很有意义。

虽说是补习班，积累做“老师”的经验对自己的将来也肯定是有益的。而且，还能安心准备考试。对小舞来说，这是一处不可缺少的、非常重要的地方。

不过，就算具备了一定的学力水平，也不代表可以自由选择接下来要走的路。小舞为了不给家里添麻烦，选择申请奖学金考国立或公立大学。

接下来要正视的问题是没有可以住家里走读的国立或公立大学。母亲阳子女士的收入“不可能在负担女儿生活费的同时维持家计”。

因此，小舞决定寻找附设宿舍的国立或公立大学。她觉得这样一来，生活费不会有太大开销，申请到奖学金的话就可以靠自己的力量读大学了。

“国立或公立大学的宿舍基本都配备了家具、空调，比租公寓要便宜。妈妈也说，如果是宿舍，勉强还可以承受，所以我要好好努力。”

考入附设宿舍的国立或公立大学对小舞来说，是一束希望之光。因此，她开始寻找条件适合的大学。如果离家太远，回家的交通费会很贵，阳子女士也会担心，于是她打算尽可能选择离家近的大学。

在国立或公立大学中有宿舍又跟自身学力匹配的，找来找去只有一所。她决定只报考这所大学。为防止落榜，她也想报考私立大学，可考试费的负担太重，而且就算考试合格也上不起。万一这次考不上，她打算在家里复读一年，来年再战。

小舞告诉我们，再怎么困难，她也想参加大学入学考试，找到未来想做的事情。

“先考上大学，然后再做打算。”

不输给必须要在有限的条件下选择前路的环境，努力向前、积极生活，这就是小舞。我们从她身上似乎也获得了勇气。

小舞和小彰跟幸运的人相比，机会或许是匮乏的。可是，他们拥有靠自己抓住机会的“坚韧”和“刚强”。仅仅以贫穷为借口“努力不下去”，是解决不了任何问题的。

趁孩子们尚未失去“能够努力”的力量，如果有更多像小舞上课的补习学校那样的机会和契机，或许很多孩子就不用放弃梦想了——这就是我们得到的启发。

## 想要守护孩子的家长的苦楚

阳子女士身为母亲，想到女儿在考大学这件事上承受的辛苦，很担心女儿会跟能够随心所欲选择大学的朋友做比较，会因而感到格外自卑。

“在升学这件事上，让她忍受了太多了。其实，不要顾及其他，让她选择想考的大学是最理想的。可事实上，汇生活费很吃力，她只能住宿舍。又不能报考私立学校避免落榜，她内心应该也非常痛苦。她自己消化这些花了很长时间。这次让她直观意识到，跟周围的人相比，自己到底有多么不同。”

阳子女士告诉我们，身为母亲，她无法守护女儿和儿子将来的梦想，让他们不得不忍受无法自由选择心仪的学校这一现实，这让她感到非常抱歉。

“长子小彰在考大学的时候，也会近距离看清自己家跟周围人家的不同吧。虽然一直藏头藏尾地生活到现在，可是面对升学，他们一旦意识到跟其他家庭全然不同，要消化掉这些会非常辛苦吧。”

阳子女士体会到了身为家长的那种无可奈何。说着说着，招牌笑容消失了。

“我也在跟他们一起面对呀。体会到了自己的无力。真的很对不起孩子们……可是，实在毫无办法。虽然也不是所谓的彻头彻尾毫无办法，但这就是现实啊……”

我们第一次看到阳子女士那痛苦悲伤的表情。对父母来说，再没有比让孩子们吃这些苦头更煎熬、更痛苦的事了吧。那必定是没有出路的苦楚。

跟小舞和小彰一样，生长在经济不富裕的家庭中，朝着未来的梦想努力，不放弃希望，积极向前又性格坚韧的孩子有很多。可是，身处那种状况的孩子因为一些小事而断送整个人生的风险应该是极高的吧。

假设发生了意外会成什么样子？如果住在阳子女士家附近的高龄的双亲需要更多看护或护理——阳子女士若为了陪护减少工作量，收入将会减少，经济状况会更加严峻。要是为了保证工作时间而勉强自己，阳子女士也可能会生病，把身体搞垮。

很多家庭都伴随着这样的风险，咬紧牙关生活着。事实上，正因为他们会坚持到最后一秒，相对贫困家庭的问题才不容易被觉察到；正因为不容易被觉察到，他们才会被社会忽视吧。

# 第五章
# 让“看不见的贫困”可视化

“总是收朋友的礼物，我完全没办法回礼。”

## 让贫困可视化的大阪府的实地调查

在全国的自治体中，东京都、冲绳县等至少62处开始了儿童贫困的实地调查（截至2017年2月，内阁府），以期令“看不见的贫困”可视化。其中，大阪府启动了最大规模的调查。

2017年1月，在大阪市内召开中期通报的会场中坐满了媒体人。调查覆盖了大阪府43个市町村，调查对象为公立学校的小学五年级与初中二年级的学生及其监护人。对调查作答的有约5万户家庭的孩子和监护人，共计约10万人。

调查包括生活与学习环境、家庭的经济状况、亲子的相处模式等在内的约40项内容，是迄今为止规模最大的一次调查。在中期通报中，大阪市公布了先行实施调查的30个市町村的数据。

大阪市立大学研究生院生活科学研究科的所道彦教授介绍了调查的意图。

“如今，我们追求的是让贫困变得可见。这是一个非常大的课题。此外，要不断了解，相较于平均生活水平，贫困到底是什么样子。就贫富差距而言，有对比性地看待极为重要。”

**将穷困度分成4个等级**

在大阪府的实地调查中，为了将标准收入家庭的孩子同“相对贫困”家庭的孩子进行比较，详细询问了调查对象的家庭收入，将穷困度分成了4个等级。

“中位数以上”→到手收入在中位数（274万日元）以上的阶层，即高于平均收入的家庭

“穷困度Ⅲ”→中位数的60%以上且不到中位数的阶层，即164万日元以上且不满274万日元

“穷困度Ⅱ”→中位数的50%以上且不到60%的阶层，即137万日元以上且不满164万日元

“穷困度Ⅰ”→低于中位数的50%的阶层，即不到137万日元

之所以要设置“穷困度Ⅱ”和“穷困度Ⅲ”的分类，是为了与国际调查作比较。将中位数的60%作为分类基准是因为联合国儿童基金会将“相对贫困”定义为不满中位数的60%。日本结合OECD的定义，将“相对贫困”定义为不足中位数的50%。

调查的结果显示，“中位数以上”的家庭为50.1%，占了半数；“穷困度 Ⅲ”为30.5%；“穷困度Ⅱ”为7.0%；相当于“相对贫困”的“穷困度 Ⅰ”的家庭达到了12.4%。

## 孩子们的剥夺指标

另外，调查还采用了与以往不同的全新指标——剥夺指标。剥夺指标是计算在社会中理应享有的权利中哪些出现了缺失（被剥夺）的指标。基于此，我们可以得知，处于贫困状态的孩子们被剥夺了哪些权利和机会。

这是贫困研究比较发达的英国开发出的指标。

“由于经济原因，在大约半年间，是否有过以下经历？”

这里采用了剥夺指标，针对监护人进行设问，要求其在以下21项中勾出所有对应的选项。

【对监护人的设问】

- 电、煤、水被切断
- 准备不出押金或保证金等，于是放弃了搬家或迁居
- 无法去医疗机构就诊
- 信用卡曾经被停用
- 曾经滞纳过房租或住宅贷款
- 曾经滞纳过电话（固定/移动）的通信费
- 减少了红白事方面的来往

- 曾经滞纳过国民健康保险费
- 曾经滞纳过国民养老金
- 曾经向金融机关借过款
- 孩子想要自己的房间，却无力满足
- 放弃更换或使用智能手机
- 减少使用地铁和公交车，开始骑自行车或步行
- 曾经因为生活没指望而感到不安
- 减少购买报纸和杂志
- 减少同朋友及熟人外出就餐的次数
- 控制使用冷气和暖气
- 减少去理发店和美容院的次数
- 压缩伙食费
- 节制购买新衣服和鞋子
- 减少在兴趣爱好和娱乐上的开销

“在你家，由于经济原因，是否有过以下经历？（在大约1年间）”

针对监护人的关于“孩子”的上述设问中，要求其在以下14项中勾出所有对应的选项。

【对监护人的设问】

- 无法带孩子去医疗机构就诊
- 改变了孩子的前途
- 无法给孩子买书和绘本

- 无法给孩子零花钱
- 无法给孩子购买新的衣服和鞋子
- 无法让孩子参加学校的远足和修学旅行
- 无法让孩子发展兴趣爱好
- 无法让孩子参加学校的社团活动
- 无法供孩子上补习班
- 无法为孩子庆祝生日
- 无法给孩子压岁钱
- 无法参加孩子学校里的活动
- 无法参加儿童会、地区的活动（祭典等）
- 没有家庭旅行（包括去主题乐园等当日往返的行程）

“请选出你目前拥有的或你可以使用的东西。”

针对孩子的设问，要求其在以下14项中勾出所有对应的选项。

【对孩子的设问】

- 书（除了学校的教科书和漫画书）
- 漫画及杂志
- 儿童房（单间或跟兄弟姐妹一起住的房间）
- 连接互联网的电脑
- 运动用具（球或球拍等）
- 游戏机
- 自行车

- 电视机
- 普通手机
- 智能手机或平板电脑（能够使用通话App或LINE、Twitter、Facebook等应用程序）
- 化妆品或首饰
- 兴趣爱好等的用品（钢琴等）
- 自己挑选的衣服
- 手办

设问选项主要是参考了生活在日本的孩子普遍理应拥有的东西。

希望大家不要误会的是，并不是说缺少其中的任何一种就是“贫困”。从调查结果来看，与平均收入水平以上的家庭中的孩子相比，相对贫困家庭的孩子也会有些持有比例较高的东西。

**3类欠缺**

基于前面的调查结果，孩子们究竟被剥夺了什么呢？本次调查将其分成了3类。

①“物质资源的欠缺”，即生活必需“物品”的欠缺

②“社交资本的欠缺”，即与人的联系的欠缺

③“人性资本的欠缺”，即教育和经验的欠缺

“物质资源的欠缺”指的是欠缺生活中必需的物品或服务。比如，买不起新衣服和鞋子，没法去医疗机构就诊等，都属于此类。

而“社交资本的欠缺”指的是缺少与人的联系。主要看家庭成员关系、与朋友之间的关系、是否能够参加学校等社会团体等。比如，是否能够参加学校的活动，是否有过家庭旅行等，属于此类。

“人性资本的欠缺”指的是教育、生活习惯等对孩子的人格养成和未来至关重要的机会的欠缺。比如，不能供孩子上补习班或发展兴趣爱好等。明确这3种欠缺，将儿童贫困以看得见的形式展现出来并考虑对策是最终目的。

## 调查中目睹的单亲家庭的艰难

从调查结果中首先看到，单亲家庭的收入情况非常糟糕。

从家庭收入（2015年的年收入）来看，所有家庭中年收入在600万到800万日元的家庭数量最多，占22%。与之相对的，母子单亲家庭中不满200万日元的数量最多，占35%；父子单亲家庭中200万到300万日元的最多，占22%。

从家庭收入与家庭成员构成的关系来看，双亲家庭中，相当于“相对贫困”的“穷困度Ⅰ”几乎不存在，可父子单亲家庭中大概有三成处于“穷困度Ⅰ”，母子单亲家庭中达到了近半数。

针对这样的结果，大阪府认为原因在于“这些家庭没有接受本来能够接受的援助”。针对单亲家庭的援助制度有儿童抚养补贴，母子、父子、寡妇福祉资金贷款，生活穷困者自立支援制度，福祉医疗费资助，生活保护制度，生活福祉资金贷款制度，等等。

可是，几乎所有的援助都需要当事人本人去政府部门申请，否则将无法享受。

另外，由于不了解援助制度、忙得没时间去政府部门等原因而无法申请援助的人也不在少数。今后，有必要进一步加强对援助制度的宣传和普及、开通网上咨询等，为了让陷于困境的人可以更方便地申请援助，或许我们也有必要重新审视援助制度的运营模式吧。

通过调查，家长所从事的工作的差距也浮现了出来。家长拥有正式雇用工作的家庭中，相对贫困家庭只有6%，而在非正式雇用的家庭中，这一数值则达到了64%的高占比。非正式雇用家庭正处于穷困状态的事实，再次通过调查得到了验证。

## “穷困度Ⅰ”（即相对贫困）家庭的生活

那么，“穷困度Ⅰ”的生活状态是什么样子的呢？

我们决定寻找相应的家庭进行采访。要找到一户愿意将艰难的经济状况赤裸裸展现出来的家庭并非易事，终于，有户母子单亲家庭的母亲同意跟我们直接见面聊一聊。我们打通了因工作几乎不着家的母亲的电话，约定当天晚上等她工作结束回家后，在她家见面。

按响门铃后，一位脸上挂着温暖笑容的女性迎了出来。

“晚上好。一直在等你们呢。”

她就是一个人养育着三个孩子的单亲妈妈真弓女士（化名）。夜已经深了，所以我们没有进房间，决定在玄关进行采访。

约5年前离婚以来，真弓女士同时做几份工作养育着上中学的长子和两个上小学的孩子。白天从事正式雇用的全职的事务性工作，可仅靠这份收入无法维持家计，她每隔3天还会到公共设施机构兼职夜班。

真弓女士一个月的收入共20万日元，根据大阪府调查，属于“穷困度Ⅰ”这一分类。

可是，真弓女士家看上去生活并不拮据。相反，虽说是父母买的，但这栋宽敞的房子带着院子，看上去甚至称得上富足。车库里也停着私家车。这辆车也是真弓女士离婚后，娘家双亲看女儿上下班和养育孩子没有车不方便，于心不忍而给她买的。

当初，靠养老金生活的双亲是离婚后决定住在父母家附近的真弓女士的依靠。父母就是那时候给她买了房和车。

可是，那之后，父亲的身体状况急转直下，事态发生了变化。真弓女士不得不一边工作一边照顾父亲，除了要耗费大量的时间，也不能继续在经济上依靠父母。真弓女士同时失去了时间上的从容和经济上的宽裕。

去年，父亲去世后，她又要开始照顾母亲。

除了要花时间照料母亲，不仅没了父亲的养老金，现在每月还要给母亲10万日元生活费。

“孩子们接下来也都要开始花钱。我一个人生活真是太苦了。”

就这样，真弓女士被逼得走投无路了。

## 家务是孩子的工作

跟真弓女士在玄关聊得正投入，从里面的房间冒出来两个穿着睡衣的可爱的小朋友。

“叫人呀。”

被母亲催促的二人跟我们打了招呼。

“晚上好。”

深夜来了不认识的客人，到底是什么人呢？他们满脸好奇，来到母亲身边，一屁股坐了下来。

上小学五年级的夏美（化名）10岁，上小学六年级的大树（化名）12岁，家里难得来了客人，两个孩子睁着亮晶晶的大眼睛盯着我们，毫不认生的眼瞳中满是新奇。

“我外出工作不在家的时候，这俩孩子包揽了家里所有的事儿。真是帮了大忙。”

两个小学生分摊了打扫卫生、洗衣服等家务。

听闻年幼的二人替母亲分担了家务，我们大为吃惊，希望能够拍下他们实际做家务的样子。

2017年1月，元旦长假结束，孩子们开始上学的时候，摄像师和外景工作人员等来到了真弓女士家，对真弓女士一家的生活状态进行跟踪拍摄。

我们驱车赶往真弓女士家，打算在孩子们从小学放学回家的下午3点左右赶到。来到真弓家附近的时候，背着书包正在过人行横道的女孩子的身影映入了眼帘。是夏美。放学后，她也不跟朋友一起玩，独自一人默默地一门心思往家走。

我们叫住了凑巧碰到的夏美，她看上去有点惊讶，但很快又露出了可爱的笑容。

“妈妈说过，电视台的人要来。”

我们跟夏美一起回家，她打开门把我们让了进去。到家之后，我们首先请夏美和大树“换衣服”。

既然主题是“儿童贫困”，我们决定匿名播出夏美和大树的故事。因为我们担心播出后两个人可能会在学校受欺负，或者被附近的人说闲话，所以要隐去二人的身份拍摄，希望他们换装，不要穿平时的衣服。

我们拿出了事先准备好的衣服，两个人都非常开心，马上换好了。几乎没怎么穿过崭新衣服的两个人脸上的喜色让我们顿时安下心来。尤其是夏美，她似乎特别中意粉红色的毛茸茸的设计，看到她喜不自禁的表情，我们也开心了起来。

拍摄开始前，我们拜托他们二人“就跟平时在家一样即可”。听我们说完，两个孩子马上开始做起了家务。为了节约没有开暖气，所以家里非常冷。我们这些外景工作人员只能穿着厚厚的外套开始了拍摄。

夏美首先走进了卫生间。只见她熟练地将衣服筐里的衣服丢进洗衣机，倒入洗衣液，按下开关——这一连串的动作一气呵成。

洗衣机开始转动后，她端着筐子走向了玄关外面的邮箱，取出晚报，接着走到院子里将晒干的衣服收进筐子，然后又进到室内。她回到客厅，收掉晾晒在房间里的毛巾，手脚麻利地一并叠了起来，动作绝不拖泥带水。眼看着衣服的小山一点点消失，她又开始收拾，将叠好的衣服和毛巾物归原处。

做完后，她又走向了厨房，开始清洗早上的盘子、杯子和学校里带回来的水杯等，动作熟练到让人忘记了她还只是个小学生。

夏美卷起袖子洗碗的背影真就像是“母亲”一样。我们很清楚，这并不是为了拍摄而特意做出来的，是她一贯如此。

几乎同时，客厅里传来了吸尘器的声音。原来大树正在仔细地吸尘。将各个房间和走廊打扫干净之后，他又开始清理暖风机的过滤网。结束后，他开始熨烫学校里用的手帕。熟练程度丝毫不亚于夏美。

过了一会儿，洗衣机发出了“哔——哔——”的结束声。夏美将洗好的衣服放进筐里，走到院子里开始晾晒。两人花了1个小时的时间做完了日常的家务。

明明是同龄人玩闹的时间——我们的心情非常复杂。接着，两人将书包放到饭桌上，拿出汉字和算术的练习册开始写作业。“为什么要帮忙做家务啊？”我们向写个不停的夏美提问。

“妈妈太忙了。”

一句简短的回答。一切都在这句话里。

因为总是看到早出晚归工作的母亲一身疲惫回家的样子，才会理所当然地一直帮忙吧。“做家务很辛苦吧？”听了我们的话，夏美告诉我们，比起这个，她更希望妈妈多陪陪自己。

“妈妈早上7点半出门，晚上6点半到7点回家。真的好孤单啊。”

小学生，还是跟父母撒娇的年纪，却要理所当然地承担起家务，忍受寂寞。看着她的样子，我们仔细考虑这个家庭到底需要什么样的帮助。不光是金钱上的援助，同时，家务上的协助和孩子们的学习辅导援助也是必须的吧？能否将现有的援助项目进行筛选组合，提出有效方案？……哪怕只有丝丝的帮助，我们也希望能够给他们提供援助。我们边思考边继续着拍摄。

“我回来了。”

晚上7点左右，真弓女士下班回来了。

夏美和大树马上跑到玄关迎接母亲。真弓女士这天晚上还要值夜班，所以让孩子们吃过晚饭后还得马上出门。

先前还是一副大人模样熟练完成家务的夏美和大树，在母亲面前恢复了孩子应有的表情。大概是等得太久了，真弓女士还没脱掉外套，夏美就一脸骄傲地把学校里发的牙科诊断无异常的结果拿给她看。

真弓女士确认孩子们跟往常一样晒好了衣服，洗完了餐具，安心地笑了起来。

“真是帮了大忙了。对孩子们，我只有感谢。他们把家务做得那么井井有条，我才能安心在外工作啊。”

年幼的孩子咬牙坚持，母亲才能够安心工作——真弓女士一家也是为彼此着想，靠着家人之间的纽带努力克服着贫困。

那天夜里，真弓女士给我们展示了一张珍藏在智能手机里的照片。

“我当时很惊讶。觉得特别感动就拍了下来。”

那是大树留下的两张便条。第一张上写的是给晚归的母亲的留言：

水已经装好了，要把它烧开哦。

厨房燃气灶上放着已装好水的烧水壶，旁边就放着这张便条。大树记住了母亲“连往壶里装水的时间都不想浪费”的小声嘀咕，特意帮她装满了水。

然后是第二张便条：

我明天会熨烫，妈妈不用做啦。

熨烫每天晒好的衣服自然成了大树的职责，可是如果自己没有做完，他担心一身疲惫、很晚才回家的母亲会勉强把剩下的做掉，才留下了这张便条。

真弓女士给我们看着便条，笑逐颜开。

“我心里特别高兴。工作结束回到家后，做家务就像打仗一样，他们看在眼里，开始主动帮我做起了家务。”

还在上小学的二人上面还有个上初中的哥哥。他没有接受这次的采访，或许是不想承认自己贫穷。看到“为了妈妈”而努力的两个人，我们忽然意识到：哥哥也是一心为母亲着想，才将目前的状况当成正常现象吧。正因如此，贫困才会“看不见”。

大阪府的调查中也有针对监护人居家时间段的设问。

跟夏美家一样，从学校放学回家，父母却不在家里的孩子中，中位数以上的家庭占了37.7%，而相对贫困的家庭（穷困度Ⅰ）达到了50.1%。相对贫困的家庭中有半数的孩子回家时父母不在家，这让我们很吃惊。不过平均收入以上的家庭也有近四成的孩子回家时父母不在，可见双职工家庭竟然增加了如此之多。

这个结果让我们意识到，孩子们如何度过放学后的时光，外界又该如何帮助孩子们独自度过大把的时间？不管家长收入多少，这似乎都是个共同的问题。

## 何谓“物质资源的欠缺”？

真弓女士是正式员工，有自己的房子，没有房租开销。我们的第一印象是真弓女士家的生活似乎并没有那么艰难。可是，细细采访后我们发现，真弓女士需要看护高龄的母亲，每月还要给母亲10万日元，所以家计上一点都不宽裕。尤其是每天的餐费，省到不能再省，一家四口勉强控制在了一天1 000日元左右。

慌忙走进厨房准备晚餐的真弓女士边做饭，边说起节约的辛苦。她先给我们看的，是做好的饭团。厨房的架子上摆着几只碗，每只碗里都放着仅用白米饭捏成的饭团。每天煮饭，放凉，孩子们当天下午可以吃。这不是主食，而是零食的替代品。

“做成饭团的话，孩子们肚子饿的时候可以自己热一热，就着海苔吃。一直都是这个样子。零食挺贵的，还不顶饱，我几乎不会买。所以家里就放着些米饭呀纳豆什么的。”

由于消耗量巨大，真弓女士家每月会购入超过30公斤的大米。不是精米，而是那种碾去七成谷壳的糙米。因为，“能吃的部分越多越好”。

她下班回家路上会顺便买东西。到家后让孩子吃前一日做好的饭，并做好次日的晚饭。日复一日。

这一天的晚饭是昨晚做好的炒饭。简单热一热，在孩子吃饭的时候，她又开始准备明天的晚饭煎饺。这是不浪费一分一秒的策略。

正做着饭，她打开了冰箱，里面放着大量的鸡蛋。问及理由，她说：

“鸡蛋就算贵，一盒也就200日元左右。煎一下就可以当成小菜吃了呀。所以我经常会储备大量鸡蛋。”

冰箱里还装满了大量因保质期临近而贴着半价标签的鸡肉。

“孩子喜欢吃肉。鸡肉便宜，所以全是这个。半价的话，不就可以买双份了嘛。”

节俭有道的真弓女士靠着独门绝技想方设法维持着家计。

夏美兴高采烈地吃着妈妈亲手做的炒饭，摄影师边拍边问道：

“你最喜欢妈妈的哪一道菜？”

“御好烧[①]和煎蛋卷。有3厘米厚的煎蛋卷。”

3厘米厚的煎蛋卷指的是仅使用大量鸡蛋，质地松软达3厘米厚的纯煎蛋卷。这是母亲引以为傲的一道菜。夏美将盘子里的炒饭吃得干干净净，一粒米都没剩。

## 买不起新衣服和鞋子

大阪府的实地调查中，监护人回答在1年之中“未能给孩子购买新衣服和鞋子”的比例，中位数以上的家庭中只有2.3%，而等同于相对贫困的穷困度Ⅰ的家庭中达到了27.6%。

真弓女士也说，孩子们的衣服和鞋子都是别人家孩子穿过的。

“几乎全都是朋友给的旧衣物。根本就买不起新的啊，衣服很贵的。”

---

① 一种日式什锦摊饼，除了蔬菜之外，有时也会用鸡蛋、海鲜、肉等加料。

真弓女士打开了放着夏美衣服的衣柜抽屉。上小学以来，几乎没给她买过新衣服，“最近一次买给她的是这个。”真弓女士指给我们看的，是一副小小的手套。

“也就是这副手套了吧，我能给这孩子买的新东西。年龄大了，就会想要些好东西，说是不要超市里卖的那种便宜货。就算是别人给的，也想要那种多少有些名气的品牌的可爱衣服。所以，朋友会给些那样的衣物，在义卖市场看到也会买给她。”

想要好东西，是因为她看到朋友们穿的衣服心生羡慕，也想要同样的衣服吧？为了回应孩子的期待，真弓女士总在义卖会上不断找寻。从她的身上，我们不但感受到了她积极向上的坚韧，不知为何，似乎还学会了珍惜身边的一事一物。

大阪府的调查中关于“物质资源的欠缺”的设问使相对贫困家庭的严峻现况再次浮出了水面。

当监护人被问及在经济上有什么地方委屈了孩子，明确无疑的剥夺状况变得显而易见。

“无法带孩子去医疗机构就诊”

中位数以上 0.6% / 相对贫困（穷困度Ⅰ）7.7 %

“无法给孩子零花钱”

中位数以上 2.7 % / 相对贫困（穷困度Ⅰ）26.9 %

“无法给孩子买书和绘本”

中位数以上 1.1% / 相对贫困（穷困度Ⅰ）11.5 %

另一方面，针对孩子的设问出现了耐人寻味的结果——有些种类的物品，在不同等级的家庭中，其持有比例几乎没什么差别。

“没有书（除了学校的教科书和漫画书）”

中位数以上 16.8 % / 相对贫困（穷困度Ⅰ）29.0 %

“没有游戏机”

中位数以上 17.5 % / 相对贫困（穷困度Ⅰ）18.7 %

“没有自行车”

中位数以上 5.9 % / 相对贫困（穷困度Ⅰ）6.4 %

“没有电视机”

中位数以上 22.7 % / 相对贫困（穷困度Ⅰ）24.4 %

从结果来看，游戏机、电视机等对孩子来说所谓的获取“信息”的生活必需品，相对贫困家庭的孩子也有。

另外，有了自行车，出行便无需花费电车、公交车等的交通费，是不可缺少的生活工具，所以也没有什么差别。

而且，一项设问还出现了意料之外的结果，让人大为吃惊——相对贫困家庭中的孩子某样物品的持有率偏高。

这项设问就是，“你是否有智能手机？”

“持有智能手机或平板电脑（能够使用通话App或LINE、Twitter、Facebook等应用程序）”

中位数以上 56.5 % / 相对贫困（穷困度Ⅰ）61.5 %

上一章中也有所提及，智能手机是孩子与因工作经常外出的家长保持联系的联络工具，成了家庭的生活必需品，也是亲子对话的重要工具，所以对相对贫困家庭来说更为重要。

经济上相对宽裕的家庭反倒有“不想让孩子玩游戏，因此不给孩子买智能手机”的情况。从双方的实际情况来看，拥有智能手机的比例可能会出现与其他物品相反的结果。

**与人的联系的欠缺**

接下来，调查对“是否与人保持着良好的联系”进行了细致分析。人与人之间的关系是保证孩子健康健全成长的重要因素。

调查结果表明，相对贫困家庭中存在着显著欠缺的项目。

“没有家庭旅行（包括去主题乐园等当日往返的行程）”

中位数以上 7.8 % / 相对贫困（穷困度Ⅰ）46.2 %

家庭旅行能够加强家族成员之间的纽带，对孩子来说是非常重要的回忆，可是调查结果很清楚地显示，对于经济状况严峻的家庭，这是最先被砍掉的项目。

我们向真弓女士询问最近是否有过家庭旅行。

“我家从未有过。至今一次都没去过。”

真弓女士说一次都没有外宿旅行过。当日往返的旅行，还是1年多以前跟夏美、大树三人去了奈良公园，那是最后一次。夏天，他们想去海边，可是工作请不出假，最终也未能成行。

“不过，就算请到假也没钱，还是去不成。”

请假，收入会减少；出去玩，只是花钱——家庭旅行成了遥远的梦。这个夏天能让孩子们去市民游泳馆已是极限。

对这样的真弓女士来说，最痛苦的莫过于孩子们带回学校里的朋友送的旅行纪念品。每年暑假或寒假结束后，身边的朋友都会买回来手机链、圆珠笔、便笺纸等可爱的小礼物。每当这时，夏美就嘀咕：

“总是收朋友的礼物，我完全没办法回礼。”

真弓女士还有一个顾虑，那就是孩子们向朋友隐瞒了生活在母子单亲家庭的辛苦，不讲心里话了。

“在学校里，跟朋友的聊天中会出现父母做什么工作、从几点工作到几点、休息的时候做什么、零花钱有多少之类的话题。像我这种日夜工作的母亲周围少有，孩子们的朋友会问是什么情况，零花钱怎么办。以前他们都是实话实说的，可最近他们跟我说在外面不能说这些。”

真弓女士很担心，是不是孩子们实话实说后，反而让别人心生顾虑，对他们另眼相看了？无论如何，她都不希望孩子们因为经济原因被周遭孤立。

关于这一点，前面的章节中也有所涉及。经济拮据的家庭不光是孩子被孤立，父母也多会逐渐陷入被孤立的境地。“你在真正遇到困难或有烦恼的时候，会跟谁或什么机构寻求帮助？”——针对监护人进行的问卷调查的结果中，回答“配偶或伴侣”的整体占比最高。

> “配偶或伴侣”中位数以上 85.8 % / 相对贫困（穷困度Ⅰ）46.5 %

另一方面，无论贫困度如何，商量对象选择“学校的教师或学校咨询师”的家长都只有大约10%的低值。由此可知，学校教师并不是寻求帮助的对象。而且，选择“公共机构或政府的接待部门”的人在所有穷困度中都更低，为5%以下。这一数字清楚地告诉我们，行政机关也并未成为身处困境之人的托底机构。

我们也请真弓女士填写了大阪府的调查问卷。在关于商量对象的设问上，真弓女士在“没有可以与之商量的对象”上画了个圈。

“没人可以商量，行政机关又是例行公事。并不是说处理方式恶劣，而是不能设身处地为你考虑。”

真弓女士迄今为止几乎咨询了所有公共咨询窗口。儿童家庭中心、教育委员会的单亲家庭支援部门、自治体的福祉科等，所有这些咨询机构窗口的工作人员都给她一种自己的问题对他们而言“不过是别人的事”的感觉。

在繁忙的工作中挤出时间前去咨询却没有任何收获，所以渐渐地，真弓女士就不再抱有幻想了。

“去一趟要耗费两三个小时，工作就必须要请假。要问能不能听到满意的答复？几乎都是‘请咨询儿童咨询处’‘请咨询一下其他的公共机关’等相似的回答。所以，我已经不会再考虑向行政部门的咨询机构求助了。”

如今，真弓女士最大的烦恼是时间不够。

“时间不够。我深深觉得，一天24小时完全不够。”

她一有时间就想跟孩子们待在一起。

“跟孩子们窝在一处，一起看看电视什么的，几乎没有这样的时间。所以每天回家后那1个小时的晚餐时间是非常珍贵的交流时间。”

在跟真弓女士一起度过的短暂时间里，孩子们也毫无保留地跟母亲撒着娇。

“跟两个孩子在一起的时候，他们总是撒娇。特别是男孩子，是个撒娇鬼，一直说想要多跟我在一起，说很寂寞。

他经常走过来贴在我身上。女孩子也是一定要睡在一起。我们睡在一个被窝里，我晚上很晚钻进被窝的时候，她肯定要我抱紧她。”

这时，2楼传来了“咚、咚”的很响的声音。

“楼上又在吵架了。”

真弓女士皱起了眉头。

似乎是夏美跟大树吵架，气得踹了墙壁。这样的话，真弓女士若不上去安抚他们，事情就会没完没了。孩子们平常一副大人模样将家务做得妥妥帖帖的，也许是情绪的反弹吧。母亲在家的时候如果不能撒娇，情绪就会时不时地外露。

虽说看上去很稳重，毕竟才只是小学生。平时所承受的压力或许是通过这种方式发泄了出来。

真弓女士笑着跟我们说，孩子们为了能有更多跟妈妈在一起的时间，甚至还曾催她再婚过。

“他们说：‘妈妈，可能的话你再婚吧。’我一直说：‘家里没有爸爸，妈妈要像爸爸一样去外面工作，回来之后又要尽到妈妈的责任，真的好辛苦。’孩子们说想要一个喜欢自己、能让妈妈再也不用工作的爸爸。”

真弓女士忙得不可开交，到底也没有寻找再婚对象的时间。

## 人性资本的欠缺

“人性资本”指的是“孩子在成长过程中必要的教育和经验”，调查也明确了这些机会被剥夺的现状。

“无法供孩子上补习班”

中位数以上 3.6 % / 相对贫困（穷困度Ⅰ）35.7 %

“无法让孩子发展兴趣爱好”

中位数以上 3.3 % / 相对贫困（穷困度Ⅰ）31.1 %

夏美和大树都未曾上过补习班，没有发展什么兴趣爱好。真弓女士说，如果有能力也想供他们去上，但以如今的状态是非常困难的。

“哥哥似乎想去足球俱乐部和补习班。如果练足球的话，家长必须要跟着一起去吧。夏美说想学游泳，想学算盘和书法，可是学习一门每个月就要花费5 000日元，还有交通费，开销太大了。如果有那个钱，我情愿用来买大米。”

在夏美填写的大阪府调查问卷上，询问未能参加补习班的理由的设问下面，她给“想去，可是不能在学费等费用上给家长增加负担”的选项画了圈。

另外，对于“学校里教的内容能理解多少？请选出最贴近自己感受的选项”这一设问，她从“很明白”“基本懂了”等5个选项中选择了“几乎都不懂”。而关于目前烦恼的事情，她从“朋友”“喜欢的人”等10个项目中圈出了“家里的事”“学校或学习”和“升学及前途”。可以看出，她对家里的情况以及自己的将来心怀不安。

另一方面，夏美在“将来想去什么学校”的设问中选择了“研究生院”。对深造，她并不是毫无意愿。

真弓女士打算供孩子们上大学。可是，她现在就开始担心能不能筹够学费了。

“如果能上国立或公立大学就好了，可也要看孩子的学力水平。无论如何，供孩子上补习班之类的教育上的投资是少不了的。相比起自己的晚年，我更担心孩子们的学费。如果因为没钱而上不了大学，实在是可怜。”

真弓女士现在一周只在周日休息一天。即便如此，为了将来打算，等年幼的两个孩子上了初中，她打算周日也开始工作。那是份按日结算工资的考场监考的工作。为了能够在可以工作的时候马上上岗，她已经做好了登记。

“去一次，就能赚到日工资1万多日元，是份性价比很高的工作。”

通过大阪府的调查，穷困家庭无法为孩子的将来储蓄的实际情况也浮出水面。

> “无法为孩子的将来储蓄”
>
> 中位数以上 20.7 % / 相对贫困（穷困度Ⅰ）70.2 %

孩子不得不放弃上大学，申请奖学金的学生增加，也都是基于这个原因。

同时，对经济严峻家庭的援助并不到位的情况也在调查中暴露出来。虽然有向低收入家庭的中小学生提供学习用品资金或午餐费的“就学援助”制度，但是有很多家庭并未参加。即便是肯定符合条件，可以接受就学援助的“穷困度Ⅰ”的家庭，“接受了”就学援助的仅占69.0%，约有三成的家庭并未接受援助。原因之一就是不知道有这项制度。调查的结果也再次表明，很有必要让更多的人知晓这一制度。

晚上9点，真弓女士到了要出门去值夜班的时间了。穿着睡衣的孩子们一起到玄关送母亲。

“带手机了吗？”

稳重的夏美总是会确认冒失鬼妈妈有没有忘带东西。夏美和大树将真弓女士那装满值夜用品的大包搬到了玄关。真弓女士接过来，上了车。寒空下，只穿着睡衣的孩子们目送母亲的车子远去，直至车子消失不见。

真弓女士将会在次日7点回家。这天晚上，孩子们独自进入了梦乡。

**如何推进对策?**

该如何解决“看不见的贫困”？协助大阪府进行实地调查的大阪府立大学研究生院人类社会体系科学研究系的山野则子教授提出了一个方案，即绘制“贫困地图”，由各自治体制定、提出各自的措施。

大阪府把每张调查问卷都编了号，用以对回答问卷的小学校区和中学校区进行分类。当然，个人姓名会被隐去，也会在保护个人信息的前提下进行数据分析。分析的结果——哪些地区分布了多少贫困家庭——将会被标注在地图上。这就是贫困的“防灾地图”。

参照绘成的地图，就能够在必要的地区设立必要的支援机构。“儿童食堂”“学习支援教室”等机构可以充分利用这样的地图，比如，在贫穷家庭较多、回答“吃不上早饭或晚饭”的孩子较多的地区设置“儿童食堂”，在回答“上不起补习班”的家庭分布较多的地区设置“免费的学习支援教室”等，可以就此实施战略性的政策。

另一方面，也有很多人会担心，一旦公布了这张地图，可能会助长外界对生活在该地区的居民的歧视与偏见，甚至导致地价下跌。

山野教授表示，不对外公布地图，仅作为行政部门制定贫困政策的工具使用或许更为现实。

“今后在制定全面政策的同时，也必须明确锁定目标、采取切实到位的精准援助。必须要建立能够准确把握亟需帮助的儿童状况的机构。因此，我觉得可以充分利用这次的实地调查成果。”

**“因为妈妈喜欢”**

真弓女士家的外景拍摄结束，我们想要表达一下谢意，便跟夏美和大树一起出去购物。希望他们一家人能好好吃饭，我们买了2袋15公斤的大米，然后跟孩子们去了百元店。

我们想要向夏美和大树表达我们的感谢，告诉他们“可以任选5样喜欢的东西”，两个人非常高兴，一头冲进了店里。

大树先拿来的是“被褥拍”。因为他在帮母亲晾晒被褥的时候，发现没有这个，母亲很是为难。之后，大树又选了安装在自行车上夜间会发光的气门盖、洒在饭团上的“香松”等实用的东西。最后，他手上拿了一瓶塑料瓶装果汁和能够吹出声音玩耍的哨子，一脸满足。

夏美挑选的都是女孩子喜欢的东西，比如想在小学六年级参加修学旅行时带着的梳子、可爱的小熊钥匙扣、用来将钥匙扣挂在书包上的铝制环等。第四件跟大树一样，也选了塑料瓶装果汁。然后她开始纠结最后一件到底选什么。

她在点心货架前想了一会，忽然转身跑向了别的货架。过了一会，她拿来一包草莓牛奶味的奶糖。“为什么要选这个？”我们问道。

“因为妈妈喜欢。”

她满脸高兴地答道。

夏美和大树平时并没有零花钱。想要的东西肯定有很多。即便如此，他们肯定更想看到母亲的笑脸。孩子们的天真无邪让我们感动不已。

## 孩子们的声音不被淹没的社会

NHK特别节目《看不见的“贫困”》播出1个月后的2017年3月，迎来春假的年轻人走在原宿热闹的街头。每次跟手上拿着智能手机、一身时尚地在街上来来往往的孩子们擦肩而过，我们都不禁会想，这些孩子之中应该有很多人经济状况困窘，背负着一个人难以承担的重担吧。

节目尾声，我们播出了绝不主动发声，却“还是有些话想说”的孩子们的“心声”——

“同样是高中生，看到的世界和将来的梦想却多种多样。可是，那千百种不同绝不应当成为差距。”（高中女生）

“被剥夺了真正想做的事，到底如何是好呢？我非常不安。因学费问题而吃尽苦头，我真是想都不愿想，太可怕了。”（高中男生）

“哥哥、我和妈妈，一家人泪眼婆娑地熬着每一天，可正因为自己处在那样的立场，要靠自己去控诉社会，去自发解决贫困问题……我真的很想改变这样的社会，改变这个屎一样的社会。”（初中女生）

节目最后传达的“声音”是背负着奖学金这一借款考入大学的真央的话：

“经济方面的问题，不是自己努力就能解决的。努力学习就能通过大学入学考试，可是如果没有钱，就很难入学啊。就算申请奖学金贷款，也是有限度的，在这方面真的太吃力了。”

真央最希望告诉我们的，是她最后说的这些话：

“我觉得，这个社会对儿童和年轻人有点漠不关心。关注的焦点都集中在奥运会啊老龄化啊这些，对实际上肩负日本未来的高中生那痛苦的现状却完全视而不见……希望能再多一些关注。”

最后挤出的这句话——“希望能再多一些关注”。

我们将这句话用作了节目的结束语。这是想传达给观众的最后的话，也是我们自己今后要承担起的责任。

孩子们的“看不见的贫困”——绝不能因为看不见就一直不管不顾。我们大人必须要睁开双眼去观察。在了解了贫困之后，我们也必须要去思考如何才能好好帮助孩子们。

要解决孩子们的“看不见的贫困”，我们能做些什么？我们才刚刚站到了思考这个问题的起点上。

# 结语

"'看不见的贫困'是刻意让人看不见的吧。我自己也是母子单亲家庭出身，有很多事情都是感同身受。的确，明明是个孩子，可是不知不觉间就学会了忍耐。当然，你可以继续做你的小孩子，可是父母如果过得很辛苦，你也会非常痛苦，恨自己为什么不能助父亲或母亲一臂之力。我也是如此，母亲很辛苦的时候，我也想早日帮家里赚钱，可那很难。该怎么办呢？不知道。要想让未来充满希望，某种程度上来说，环境是必不可少的啊。（如今的社会）那种环境还很欠缺。我觉得状况很糟糕。"

这一席话是在2017年2月12日播出的NHK特别节目《看不见的"贫困"——被夺去未来的孩子们》中担任嘉宾的原AKB48成员高桥南小姐结合自身经历所吐露的。

在序章中曾经提到，NHK特别节目《穷忙族》针对开始蚕食现代社会的"贫困"敲响警钟是在2006年。

此后，NHK从多个视角开始不断验证贫困问题。我本人在2014年制作了《女性贫困》《拯救孩子们的未来》（均为NHK特别节目）等特辑节目，播出后，我的心中经常会感到焦虑又着急。

这是因为，在“这是个不容忽视的大问题”这样充满危机感的社会反响中，必定会出现批判（非难）的声音，比如“出镜的人根本看不出贫困”“以前更穷”“这不是有智能手机等价格高昂的东西吗”等等。

另一方面，媒体每次报道贫困问题，互联网上必定会充满近似于谴责的激烈言论，有时候看到连政治家都公开支持这类言论（甚至能感受到褒扬这类发言的“氛围”），我就会为某种难以言表的情绪所苦恼。

NHK特别节目《看不见的“贫困”》及紧接着出版的本书，是希望在这样的社会风潮中撕开一道口子、向贫困的可视化发起挑战的编导们不断试错的记录。同时，也是“希望大家能够明白同龄人中还有很多被迫过着艰难生活”的那些接受我们采访的孩子们的勇气的记录。

节目播出后，厚生劳动省发布了2016年度的《国民生活基础调查》。调查显示，截至2015年，“儿童贫困率”为13.9%，实现了12年来的第一次改善。可是，虽说看到了改善，如今7个孩子中依然还有1人处于贫困状态。单亲家庭的贫困率虽然也降低了3.8%，可50.8%在OECD成员国中依旧是最差水平。为了让孩子们不要在人生的起跑线上便失去未来的希望，国家、自治体、民间的援助团体以及我们媒体需要做的工作依旧堆积如山。

最后，我想将高桥南小姐在节目中最后的发言作为本书的总结：

“我们会将视线投向举着手高喊‘很吃力’的个体，给予其帮助，可是，我再一次感受到，其实还是有一大批（跟以前的我一样）有苦说不出的孩子。我一直相信，孩子应该有身为孩子的生存的权利，家长也有作为家长的生存的权利。而守护他们的不应该是国家和成年人们吗？我衷心希望有更多的人能够了解这个现实，希望人们都能有所触动。”

高桥南小姐在节目最后如此说道。

“有苦说不出的孩子”。

“身为孩子的生存的权利”。

正因为有亲身经历，才有了这么有重量的话语。

我们的社会能够侧耳倾听无声的诉说，赋予孩子们不必担心自己的未来、健康成长的“权利”吗？节目组工作人员的自问自答一直在继续。

NHK 大型企划开发中心

总制片　三村忠史

* 本书基于2017年2月12日播出的NHK特别节目《看不见的“贫困”——被夺去未来的孩子们》成书。本书引用的数据基本是采访当时的数据。

# 执笔者简历

**新井直之**

1982年出生，毕业于明治大学法学部。2005年进入NHK。先后在播出总局首都圈广播电视中心、仙台地方局、报道局社会节目部工作，现属大阪地方局报道部。主要负责的节目有地区类纪实《逆境中生存——急增的“儿童贫困”的战斗现场》（2013年）、NHK特别节目《拯救孩子们的未来——要切断贫困的代际传递效应》（2014年）等。

**板垣淑子**

1970年出生，毕业于东北大学法学部。1994年进入NHK。先后在报道局制作中心、仙台地方局、报道局社会节目部、大型企划开发中心工作，现属名古屋地方局报道部。主要负责的节目（皆为NHK特别节目）有《穷忙族——卖力工作也富不起来》（2006年，星河奖大奖）、《无缘社会——三万二千人“无缘死”的震撼》（2010年，菊池宽奖）、《最终的住处在何方　老人漂流社会》（2013

年，美国国际影视节金摄影机奖）等。2014年获放送文化基金个人奖。

**板仓弘政**

1974年出生，毕业于早稻田大学教育学部。1997年进入NHK。先后在长野地方局、报道局社会部、神户地方局工作，后又回到报道局社会部，现为首都圈广播电视中心副部长。负责警视厅搜查1课和警察厅相关的新闻报道，在对世田谷一家杀害事件、奥姆真理教事件、秋叶原过路魔杀人事件、残疾人杀伤事件等采访的同时也参与大型节目制作。主要负责的节目（皆为NHK特别节目）有《穷忙族》系列（2006年，星河奖大奖）、《黑道money——蚕食社会的黑钱资金》（2007年）、《无缘社会》系列（2010年—　）、《未解决事件》系列（2013—2015年）、《女性贫困》（2014年）等。

**小林龙夫**

1971年出生，毕业于早稻田大学文学部。1993年进入NHK。先后在社会情报节目部、政经及国际节目部、社会节目部“现代特写”工作，现为青森地方局播出部编导。主要负责的节目（皆为NHK特别节目）有《巨树　生命的不可思议——绿色魔境·和贺山块》（2006年）、《穷忙族》（2006年）、《东日本大地震　追踪复兴预算19兆日元》（2012年）、《系列·东日本大地震　复兴　关键的夏天——“建设泡沫”和受灾地》（2014年）等。合著有《新日铁

VS 米塔尔钢铁公司》（钻石社）。

**高桥裕太**

1984年出生，毕业于东京大学法学部。2008年进入NHK。先后在山口地方局、“早安！日本”工作，现属报道局社会节目部。主要负责的节目有NHK特别节目《明明想生却无法怀孕——卵子老化的冲击》（2012年）、现代特写《奖学金破产的冲击 年轻人……家人……》（2016年）、《相模原伤人事件的真相》（2017年）等。

**三村忠史**

1972年出生，毕业于早稻田大学商学部。1996年进入NHK。先后在松江地方局、报道局社会节目部、大阪局报道部工作，现属大型企划开发中心。主要负责的节目（皆为NHK特别节目）有《同SARS战斗的男人——乌尔巴尼医生的27天记录》（2004年，放送文化基金最优秀奖）、《圆的战争》、《把“生命的记录”留给未来——震灾大数据》（2013年，科学记者奖）、《某文职警察的死亡——柬埔寨 PKO 23年后的真相》（2016年，文化厅艺术祭奖优秀奖/星河奖大奖/放送文化基金最优秀奖）等。2015年获放送文化基金个人奖。

## NHK特别节目《看不见的“贫困”——被夺去未来的孩子们》工作人员表

主持人：镰田靖（主解说人） 高桥南（原AKB48成员）

旁白：播音员 柴田祐规子

摄影：宝代智夫

照明：伊藤尊之

声音：前川秀行

影像技术：八木淳

影像设计：山本享二

CG制作：宫岛有树

音响效果：泷泽俊和

编辑：小泽良美 樋口俊明

研究员：铃田明美

采访：小仓真依 村石多佳子

导演：高桥裕太 小林龙夫 新井直之 宫崎亮希 冈本直史

制片人：鹿野惠功

制作统筹：板垣淑子 板仓弘政 三村忠史

KOUKOUSEI WORKING POOR: "mienai hinkon" no shinjitsu
By NHK-SPECIAL SHUZAIHAN
© 2018 NHK
Original Japanese edition published by SHINCHOSHA Publishing Co., Ltd.
Chinese (in simplified character only) translation rights arranged with SHINCHOSHA Publishing Co., Ltd. through Bardon-Chinese Media Agency, Taipei.

图字：09-2019-1032号

**图书在版编目(CIP)数据**

高中生穷忙族："看不见的贫困"的真相/(日)NHK特别节目录制组著；马惠译. —上海：上海译文出版社，2021.8

(译文纪实)

ISBN 978-7-5327-8700-5

Ⅰ.①高… Ⅱ.①日… ②马… Ⅲ.①纪实文学—日本—现代 Ⅳ.①I313.55

中国版本图书馆CIP数据核字(2021)第134494号

**高中生穷忙族："看不见的贫困"的真相**

[日] NHK特别节目录制组/著　马　惠/译
责任编辑/常剑心　装帧设计/邵　旻　观止堂_未氓

上海译文出版社有限公司出版、发行
网址：www.yiwen.com.cn
200001 上海福建中路193号
上海普顺印刷包装有限公司印刷

开本 890×1240 1/32 印张6 插页2 字数81,000
2021年8月第1版 2021年8月第1次印刷
印数：00,001—10,000册

ISBN 978-7-5327-8700-5/I·5372
定价：38.00元

本书中文简体字专有出版权归本社独家所有，非经本社同意不得连载、摘编或复制
如有质量问题，请与承印厂质量科联系。T：021-36522998